君 娃／著

中国书籍出版社
China Book Press

图书在版编目（CIP）数据

风吹过/君娃著．-- 北京：中国书籍出版社，2021.11

ISBN 978-7-5068-8791-5

Ⅰ.①风… Ⅱ.①君… Ⅲ.①散文集—中国—当代 Ⅳ.① I267

中国版本图书馆 CIP 数据核字 (2021) 第 228415 号

风吹过

君娃 著

图书策划	成晓春 崔付建
责任编辑	武 斌
责任印制	孙马飞 马 芝
出版发行	中国书籍出版社
地　　址	北京市丰台区三路居路 97 号（邮编：100073）
电　　话	（010）52257143（总编室）（010）52257140（发行部）
电子邮箱	eo@chinabp.com.cn
经　　销	全国新华书店
印　　刷	阳谷毕升印务有限公司
开　　本	880 毫米 ×1230 毫米　1/32
字　　数	235 千字
印　　张	9
版　　次	2022 年 3 月第 1 版
印　　次	2022 年 3 月第 1 次印刷
书　　号	ISBN 978-7-5068-8791-5
定　　价	54.00 元

版权所有　翻印必究

目录 | CONTENTS

风吹过，有香气（代序）/ 001

辑一　来处

影　子 / 003

燕　窝 / 012

成长，在书画之间 / 019

甜蜜糖纸 / 025

迷　路 / 029

觉　知 / 034

界 / 040

轮　渡 / 044

i

桂花意绪 / 048

一碗面里的人间烟火 / 054

黄　昏 / 058

光影里的日常 / 061

辑二　他山

蚌　埠 / 067

山　居 / 072

我的爱为你等待 / 076

星空诱惑 / 083

缘于高野山佛寺的寻找 / 089

巴厘岛，对应和连接 / 094

云在青天 / 105

懂或者不懂 / 109

宣　言 / 112

辑三 维度

谎言的对立面 / 119

孤独，才是生活的真相 / 125

爱毕竟是另一回事 / 131

你并不比我聪明 / 136

我相信你看得懂世界的荒诞 / 139

是叶子托住了你的梦想 / 143

生活中藏着隐喻 / 147

高处不知寒 / 150

有预见，才能拥抱未来 / 153

没有水滴，哪儿会有海洋 / 159

大数据下人性的漏洞 / 163

十一票对五十六票 / 168

风吹过

辑四 一律

帅到抚琴就戮 / 175

杜　牧 / 184

风吹过七千年的余响 / 191

也非演绎，也非美色 / 196

辑五 贤聚

女人和男人不是梨子和杏子的区别 / 207

散文之见，或者常识 / 218

每天你都会有觉醒的一刻 / 231

我的人生只属于自己 / 250

阅读也许比写作本身更重要 / 262

左手文字，右手画笔（代后记）/ 268

风吹过，有香气（代序）

苗秀侠

读君娃的作品，仿佛在看一部大片的广告片头，强烈的色块，金属味锐利的音响，镜头切换或重叠时的影像张力，皆带着冲撞力极强的音效和视觉效果，一起辗压而来。

是的，用辗压二字来形容实不为过。窃以为，君娃有一身本领，会在纸上垒出一座山，山上山下开满诱人鲜花，小溪潺潺，花香蝶语撩人眼眉，涓涓清流给山林梳妆照影，这是她绘画的功力使然。君娃著文，亦同样会在文字中长出一座山来，山前山后花影袅娜，一草一木有模有样，痴嗔娇憨有板有眼。用笔记录人生，以画观摩现世，《风吹过》因此而诞生。

君娃喜欢带着书本旅行。火车上专心捧读的那位女子，让文字伴着她的旅程，那旅程便有着说不出的好。读毕的图书或杂志，她会在民宿或青年旅馆里放下来，让下一个旅人再阅读。与情趣相似的人分享文字的愉悦,君娃满怀深情。

近段时间外出走山看水,也模仿君娃的样儿,带着书本走。这次带的不是别书,恰是《风吹过》。一路走,一路阅读,不时被三种情愫缠绕。这三种情愫,我称之为深情、雅致、飒爽。《风吹过》,有香气,这指尖的香气,充盈着每一个日子,居然舍不得放下,生怕香气跑走。

君娃文字里的深情,从第一个章节《来处》里呈现出来。这份来自亲情和友情的深情,来自对书画艺术和文学追求的深情,打湿了文字,甚至,濡湿了我们阅读的眼睛。在这个章节里,君娃写得既节制,又情不能抑。她写父亲母亲的文字,让我们感受到深情的力量。父亲的教诲如影相随,伴随着作者,年年岁岁,影响着她的艺术追求,甚至,她的每一步成长。而母亲患有眼疾,还要手工写出制作美食的注意事项来提醒她,那歪歪扭扭的汉字,是母爱的深情诠释。

君娃的文字里,有对出生地的深情,对父亲的故乡其实也是自己故乡的深情,有对童年记忆的深情,对成长的光景里一片糖纸一树桂花一碗面食的深情。深情融入君娃的每一行文字里,亦带给我们阅读的深情。

君娃作品传递的另一个情愫是雅致。

她拈花惹草的雅致,她一颦一笑的雅致,她著书作画的雅致,她举着麦克风主持活动的雅致,她山南水北行走的雅致,都使她显出十足的文艺范儿。认识君娃差不多有二十年了。

风吹过，有香气（代序）

二十年前，我要比现在年轻二十岁，这是一句大实话。另一句大实话，二十年前的君娃，还是个小女生。若说"娇艳"这个词拿出来和现实作对应，仿佛是为君娃量身打造。那个娇艳如花的小女生，文字之美，样貌之美，身材之美，我都惊呆了。文如其人之说的确是真的啊。那时的我，把现实中的人和文字相对应，惊艳了。君娃后来的文字里，也有"年岁""沧桑"这样的语词，这些词除了助长她文字的功力，也助力了她由青涩小女生而蜕变为优雅知性美丽女作家和画家。没错，雅致不仅仅在她这部书的文字里低吟浅唱，还在与之配套的一幅幅绘画作品里摇曳生姿。《木叶丹黄》《逍遥》《相对亦忘言》《星的距离》等书画作品，是此部作品的衬里，二者相唱相和，使《风吹过》尽显痴嗔之雅，憨直之雅，色纯风清之雅。有人说，一件衣饰的出处不论品牌，而是设计师的名头。换言之，一部作品的好，不仅是文字的好，还有配图的好。配图会加重文字的力度和气韵。好比一个表演者，其所用的服装、装饰、道具，皆是自己亲手绘制而成。能让作品达到这份雅致的书写者，其用情之切，用心之纯，用功之深，非常人能为也。

君娃却做到了。

《风吹过》里涌动的飒爽之情愫，更是令人赏心悦目。这是从《云在青天》《高处不胜寒》等文字里获得的。出人意料，纤细而美丽的君娃，有一天会把自己搁置到藏区高原，她的支教经历，令我刮目相看。如果没有这份特别的历练，就没有那些云壮天高的辽阔文字和绘画。出生于新疆伊犁河畔并在此度过童年时光的珍贵记忆，为君娃的文字和绘画添加了异域风情和活泼气质，而赴四川甘孜藏区的艺术支教，墨尔多神山的灵气和灿烂星空，则使她的文字于圆润中平凭了飒爽之气。这份飒爽，还表现在《维度》《一律》和《贤聚》三个章节里面。这完全突显了君娃多面手的能力。书评、影评、诗歌评，说的都是自己的真心，既有着作家对文学作品的独立辨识，也融合了画家的艺术审美，这种文学和绘画艺术相融相碰产生的文字，其飒爽之气如滔滔淮河，一泻千里，豪情万丈，气势恢宏。

《风吹过》里更过瘾的文字要数《贤聚》里的对谈内容，虽不能亲闻亲历，却透过文字如临其境。能想象到君娃咄咄逼人的"审判"。谈笑有鸿儒，往来无白丁。可以调素琴，阅金经。纵横捭阖谈文学，张弛有度说读书，那份精英与精英唱和，艺术与艺术共鸣的对谈，为文本造势，使艺术升华。

君娃在一篇文章里，这样描述她父亲的家乡、当然也是她的家乡蚌埠。蚌是河蚌，孕育珍珠；埠是码头，有大河穿城而过，河里船只来往如梭。父亲无意中艺术地解读了自己家乡的马路"都铺着水晶"。从伊犁河畔回归淮河岸边的君娃，当然没看到铺着水晶的壮丽街道，所有的诗情画意在家乡的城市没有上演，但她还是爱上了蚌埠这座城市，"用画笔描绘，用文字表达，嫩叶和蓓蕾，缀满岁月的枝头"，心内"温情而柔软"。

风吹过，有香气（代序）

  这份温情而柔软，当然也表现在《风吹过》的文字之中。风吹过，有香气，这便是文字本身带来的气息。

2020 年 12 月 14 日

辑一

来 处

人生如逆旅,
是因为我们都来不及认真地年轻。

风吹过

支教之《相对亦忘言》

　　去岁,最难忘的是深秋,赴四川甘孜藏族自治州丹巴县聂呷乡艺术支教。永远不会忘记,那天,这朵云,静静依偎着墨尔多神山,许久许久,都不变换形状。2019年10月23日上午10点,我和一朵云相对忘言。

　　我留不住你,时光。

辑一 来处

影 子

我和父亲并排坐着。我们身后是另一张床,上面躺着他的病友,在新一轮的化疗之前,他们从不同的地方赶到这里,在病房相遇,就像同乘一个车次,路途很长,说不准,谁随时都有可能下车,比如康复出院,比如疗程结束,比如……当然新的"旅客"随之而来。同一个方向,特别是他们是被归为一类"乘客",彼此间心照不宣,甚或无须打问,就建立起一种关系。他们客气地打招呼,谈话,公然谈论、询问和交流他们的病情。他们说着那些令人惊惧、痛苦、煎熬的词语,轻描淡写,就像我们见面了说,你吃过了吗?

窗外的雨一直下,很大,在天地间泼洒,建筑都下成了一片混沌的灰色。这儿是上海,确切地说,这儿是上海第一人民医院。医院所在的这条街,其实很普通,一点也不"上海"。

如此说，是我所知道的，似乎每个城市都有自己的第一人民医院，而它们通常都坐落在城市中心，在重要的交通路段上，成为这个路段上最有力的地标。

父亲又开始催我，你去转转吧，上海可玩的地方很多，我这没事了，下午就是例行检查。他的心思我懂，他怕我急，更怕我为他担心和焦虑。我说再坐会儿吧。他打开床头灯靠在床边读《走读淮河》，我从包里翻出《西方哲学史》，找到我在火车上读到的那一章，那一章，是在讲述苏格拉底被审判。唉，雅典，这个被称为"西方文明的摇篮"的城邦，也曾历愚昧和野蛮，把这个世界上最正直和优秀的伟大哲人给判了死刑。我抬头，本来想长吸一口气的，却是招眼望见了灯光下父亲的影子，投射在墙面上，晃了一下。这个场景深深打动了我，我觉得我和父亲，现在是在我们家的书房。

窗外的雨还在下。

我从什么时候开始记事的，无法确切知道那个时间了，但它印象深刻，清晰，如在眼前——我最初的记忆，就是一个影子，父亲在墙面上的影子。嗯，应该还有一本书，这本书总是和墙上的影子联系在一起。那是褐色的有着塑料一样硬壳的书，很厚，纸张应该不错，有一定的质地，是脆的，因为父亲翻书我能听到书页的声音，很响。父亲年轻时，据说睡眠不好，常常早醒，于是就爬起来看书，唰唰唰，这个声音一响，影子就在墙上晃一晃。我躺在床上看他在墙上的影子晃啊晃的，有很多联想，有时会把那些联想带进梦乡……不过有时候，我不看影子，从床上爬起来说我饿了。父亲就弄一碗糖水，哦，也许是蜂蜜水，那时我们家还在新疆伊犁，那里好像盛产蜂蜜。他在水里面泡上馕，干硬的馕吸饱了蜜汁，边上有结晶，碗里就开出一朵朵漂亮的"雪莲花"。

我吃完了，父亲就合上书，起身，他要去离家几百米远的地方担水。我也要去。他肩上担着空水桶，有时候牵着我，有时候我拉着他的衣角，我们踏进夜色里，世界变得阔大，自由，无边际。那一大一小的影子在星空下，两只水桶在影子边轻微地摇摆。那时候我不知道这个世界上有宫崎骏，但是现在我回忆起来，就是那样的，那个画面，是宫崎骏式的，那充满了爱的天空很童年很典雅。何况夜色一点都不黑，戈壁的星星是巨大的，比凡·高的星星还要炫目，仿佛你只要找一架梯子，就可以把它们轻易摘下来，带回家，挂在屋里当灯。

那本书是医学书。父母亲是从内地选调的援疆干部，父亲从很年轻的时候就当领导，但在那个艰苦的年代，在遥远的戈壁，身边一半人讲维吾尔语，人际环境和生存环境，无疑是有一点严酷的。他必须努力适应，学习一些最实用的生存本领，比如掌握一些医疗常识和技术，当半个医生，来应对一个家庭的健康问题。我不知道是不是由于父亲读那本医书的缘由，我一直长到十七八岁，都没有踏过医院的大门，十岁那年，摔断了胳膊，也没有去医院。看来，父亲不仅熟读医书，也一定有着相当高超的医术呢。关乎身体，更关乎生命，治病救人，装假不得。

我和妹妹仅差一岁，父母分工，妹妹由妈妈带，我自然就归爸爸管。他给我取名叫沈军。这可不是随便取的名字，明显带了他的自信，谁知那名字里面还承载着他的期盼，他的心思里，觉得自己只当了半个没有资质的医生，他巴望着他带大的这个孩子，将来至少成为一名军医吧。我猜想那时，父亲对军医一定神往，甚或有可能，他自己就想当一名军医。

我对这些一点不知情，但我偷看过那本书。之所以说偷看，是父亲说这不是小孩子看的书。越是不让看，越是诱惑人，想要看。那本书里有许多人体解剖图（我是女孩子，这可能是父亲不让看的主要原因），都是手绘的，那些图片把人的身体肢解成一个个独立的小部分。有一张非常奇怪，是一个圆东西，里面一个小人儿头朝下，蜷缩着。我像远古的人面对一个图腾，带着无尽的崇拜、敬畏和一种莫名的痛感，一次又一次去探望这个头朝下的小人儿，这种痛感没有启发我去探索医术，它似乎更像是对生命意识的最初唤醒和启蒙，在以后的岁月，它总是让我思考生命的痛感从何而来？这种思考最终变成了某种特质融进我的身体，虽然表面上无迹可寻，可这一生却注定了我要带着这样的印记活着。

像一个影子。

"2号床的家属来一下。"病房的门开了,医生喊我过去。

"治疗效果还是有的,但是白细胞还是很低,因为年龄比较大,我们不敢太冒险,你看治疗方案这样调整,你们是不是可以接受……"

医生说了许多我似懂非懂的问题。你知道那种不在你能力范围内的无助吗?我甚至不敢直视医生的眼睛,我只能无比谦卑地聆听,我觉得似乎我们必须低到尘埃里去,他们才会救我和我的家人。

回到病房,父亲不在床上。一种莫名其妙的沮丧袭上心头,如果能够重活一次,我愿意实现父亲未能实现的那个愿望,去做一名军医,说不定我正好是一名血液科的医生,哪怕普通,医术一般,那么至少,此刻我不会如此无助。

"多少?"父亲的声音软软的,吓了我一跳,他轻飘飘地从卫生间移步过来,他现在真像一个影子,行动没有声音,走路没有声音。他期待的眼光从老式镜架上方盯着我,他对白细胞的高低异常敏感,一旦突破他的心理底线,他就会明显地焦虑。我知道,那是恐惧。

其实我们也为他体内的这个"白队长"而焦虑。白队长不知道什么时候突然就厌倦了队长的职责,它不再对体内的各种有害物质进行防范,它甚至打开城门放它们进入父亲的身体,它和它们沆瀣一气。我们一遍又一遍派遣那个叫作"增白针"的使者去告知它,它要记得自己的使命。

有时候我们无法判断是白队长疏于职守，还是增白使者压根是个见风使舵的胆小鬼。总之，它练就了高超的隐形术，它常常进入父亲的体内，就立刻消失无踪。这一次又是这样。

"还不错，主要告诉我下午没什么大的检查。"我假装轻快地对父亲说。"那你快走吧，别老在病房待着。你怎么还喜欢在书上乱画。"他重新靠在床上看书，"你这个孩子。"病房重新安静下来。

我其实没有乱画，我在柏拉图的"洞穴理论"旁边做了一些只有自己能看明白的注解而已。因为那之前我刚看完了美国电影《房间》，我发现了"洞穴理论"与《房间》之间的联系。

不过我的童年倒是从涂鸦开始的。我画一个小姑娘穿着洋衫子（新疆话，即连衣裙），双手高举过头，捧着一朵向日葵，有时我觉得老是画向日葵好像我不会画画似的，我就改画大丽菊，你知道，新疆的大丽菊和向日葵是很像的。反正这个主题我画了好几年，后来父亲也养成一个习惯，他随手在我的涂鸦上题字：人民的利益高于一切。

哇，一个小姑娘扎着羊角辫，捧着一朵向日葵，她向全世界呼喊：人民的利益高于一切。其实我不懂这个境界，但是童年像向日葵一样充满了力量。

父亲的字非常漂亮，人也英俊多才，他长得有七八分像后来的表演艺术家陈道明。我妈说："你爸爸啊，那年轻的时候，开会时穿一条有笔直的缝的西裤，戴平光眼镜，胸前别一杆钢笔,给一群年轻的干部讲哲学,形而上啊形而下的别提多有派头了。他有许多崇拜者,甚至有一个女崇拜者在生活中也学他走路的样子。哦,她现在可是合肥某某公司的大老板。"现在回忆一下,我妈说这话时居然一点吃醋的意思都没有。

名字是人宿命的一部分。不上学的时候,大家都喊我军(君)娃,我上学了才发现自己的大名不对,我和父亲的对抗始于这个名字。我执意要改名字,以一个七八岁孩子能够掌握的知识,"沈君",至少是模棱两可的中性的,而"沈军"硬邦邦分明就是个男子,我打小在书中看见那个蜷缩的胎儿的时候,我就知道自己打哪来的,人家是女孩好不好?

我赢了。我和父亲的对抗也开始了。

"这道题你算错几次了?"父亲生气的时候就不像后来的陈道明。

我讨厌上学,上了学后,我就得搬去和姐姐们住一个房间,父亲在墙上的影子消失了,不能再和他一起在星空下担水了,也不能随便画向日葵了,还要做许多许多算术题。

二年级的算术大概不会超过三位数吧?问题是在一边监督我做题的父亲,为什么手里要拿一个锥子?我应该把这个事情说完整,父亲那时不仅掌握了医术,还掌握了很多生存本领,我记得,他大概除了织毛衣不会,什么家务都会。你看这会儿,他左手拿着母亲纳了一半的鞋底,右手拿了一个锥子,他坐在我旁边,用锥子在鞋底扎一个洞,好让针带着线从鞋底穿过去。我现在当然知道他不可能用锥子扎我胖乎乎的小脸蛋儿,可那时候,我吃不准,因为做不对题是一定要受罚的。我被打过好多次屁股了。我屏住呼吸,心怦怦直跳,全部的心思都在那个锥子的动态上。夕阳钻进我家的窗,照在书桌上,锥子闪过一道耀眼的光芒,光芒没有在我脸上停留,它扎进了鞋底,我松了一口气,可是父亲却把锥子放在桌上,又伸手去摸索长长的线带着的那根粗壮的针……那根针若是扎在脸上,也是够受的,我握笔的手里都是汗,眼前的数字变成了狰狞的小鬼,3,扭成了麻花,6和9一直咧着嘴笑,它们究竟有什么分别……

啪,是一记耳光,我出生以来从未经历这样的恐惧和震惊,但是千真万确,那是父亲的手去"触碰"我的脸蛋发出的清脆的声音,并不疼,但有足够杀伤力。

"就一道题,你居然算了有一节课时间,也没有算对!"

父亲无法相信,他比我更加震惊,几乎有点悲愤了,我猜他对我设想了种种可能,但唯独没有猜到罪魁祸首是他手中的锥子。就如同如今我们猜想了白细胞无法增高的种种原因,却唯独没有猜对"白队长"为什么要对那些敌人妥协。

父亲马上后悔了,他让我放下手中的作业,"你去大院门口吹吹风,出去玩一玩,脑子清醒了再回来做题。"

那是1978年的夏天,我伫立在特克斯八卦街毛主席语录塔的外围,夕阳里,勺子(新疆话,在这里代表这个人是精神病患者)毫无悬念的也在那里。勺子是这个世界上最落魄的巫师，他弄丢了自己的魔杖，他的胡子乱糟糟的，在脸上长成一朵巨大的花，嘴唇是花心，乌紫的花心蠕动着，从里面发射出来许多如同咒语般的维吾尔语。他围着八卦街中心的栏杆，一边打自己的大腿一边转圈，转无数的圈，说无数的咒语，打无数次自己，啪……啪……啪……一个节奏，无限单曲循环，这是他唯一可以给自己的惩罚，这惩罚支撑着他活了许多年。他的裤子被完全打烂了，破烂的裤子在大腿根也形成一朵巨大的花。一大群老鸹，即乌鸦从杨树上空飞过，老鸹的聒噪声盖住了勺子击打自己的啪啪声，天空有瞬间的黑。哗……哗哗，白杨树突然唱起歌来，我哭了，对着毛主席语录塔上"团结、紧张、严肃、活泼"的题词，哭得稀里哗啦。

"君君，雨停了吧？你出去吹吹风，病房空气不好，把住宿落实好，下午没有事情。"

是的，窗外的雨停了。在我的位置，在楼与楼之间，居然可以看见那个著名的建筑——东方明珠塔。它在鳞次栉比的建筑物缝隙里探着上半个身子，尖锐的塔尖是锥子的形状，仿佛它一直试图要去戳一个说不出的痛处，以及隐于我生命深处几十年关于影子的秘密。

父亲关了床头灯，他的影子"噗"的一下，隐匿在病房的空间里。而另一处随之亮起，是记忆的幕墙，是时间和心的照壁，父亲的影子投射其上，并和我重叠。

风吹过

燕　窝

她从精致的包装盒里，小心翼翼地取出燕窝，我一眼就看见了贴在包装上的便签，是一小片儿纸卡，被胶布粘在内层的包装上，上面是密密麻麻的字。这是她的习惯。重要的事情记在纸上。我打算放弃拒绝了。

你用手机拍下来，我试过了，就按照这个方法，可以做成功。——她在一旁，似乎紧逼着的，监督着我的一系列动作，看着我在大包的里三层外三层地翻找手机；你知道，在一个女士的大包里找手机，那可是一个烦琐的过程，而我总是在这个过程中显出慌乱，——啊，坏了，手机呢？我急，她比我还急，就在我打算把包举起，倒它个底朝天的时候，我摸到了手机。我没有立即拿出来，而是用手抓住，获得真实感，仿佛那个楚人涉江者，竟然在于舟契刻的水下，摸到了他丢失的剑。我的动作，她看到了，用眼神催，我像是带了力量，拿出手机，迅速启动拍照模式，聚焦小纸卡儿，咔嚓——，转过脸去看她，那意思是说"这样行了吧？"然后拿起小纸卡，放在眼前看，上面密密麻麻写满了字，拥挤，有点乱，没抬头，问，唉，妈，这是你写的吗？你咋把字写成这个样子？没听到回答，母亲开始是在我的前面，不知啥时候，到了我的右侧后面，我转过脑袋找她。这一回头，没有看见她的眼睛，只看到了她被白发覆盖的头顶，在白炽灯的光晕里，银光闪闪，那是岁月的锋芒，尘埃，积雪。

我把目光再向下一点，这一看，眼泪涌出，努力噙着。

母亲似乎又"缩小"了，她的身材并没有老人常见的那种"发福"或者"干瘪"，只是越发的"小"，我从来没有弄明白过，一个人从年轻到老去，为什么身体会缩小？我不认同那些干巴巴的所谓"科学"解释，我所见过抑或熟悉的老人里，好多是不"缩小"的啊，那么我的母亲，为什么要缩小？我的疑问，已成为内心的哽噎。

当我冷静下来后，认真的思想，那可能是一个人对宿命的最终的也是必须的妥协吧，就像进入秋天的植物，它总要对着冬天枯萎，以此换回一段寂静的时光，而后以另一种生命形式，延续、传承和存在。

她穿着一件大红的家居棉袄，这是她去年在淮河大堤上花了几十元钱买的，是"地摊货"。我们责怪她，当然是以一种玩笑的方式，说妈妈你这么一个讲究之人，贵妇，皇后，怎也买地摊货？母亲朝我们翻白眼，说民为贵，社稷次之，君为轻。我就不能平民化一回，也算是体察民情。母亲这么也是玩笑话的说，其实我们都明白，她还是为了节俭。但你知道的，所有地摊衣服最大的问题几乎无一例外，不能洗。一洗就洗出了衣服的层次，譬如红就不是原来的红，是那种突然憔悴了的红，红里面渗透着莫名其妙的土黄，鹄面鸠形的，令人观之不悦。此刻她正歪着脑袋看我，右眼蒙着纱布（她一周前做了白内障手术）。因为一只眼看东西费劲，她努力睁着左眼，这一努力，就显得眼皮格外耷拉着。这松弛的眼皮也掩不住一个八十岁老母亲满眼的关切，几乎是恳切地对我说，你可要严格照着做啊，不能胡乱弄，糟蹋了好东西。

这是极其普通的一句话，重复，啰唆，近乎毫无意义，可是她说得那么恳切，那么殷切，我突然有了惊慌，就如同我刚刚在包里翻找手机时的那种惊慌，那是母亲带着她的期待并在现场监督着你的惊慌。这无意识的话此刻我听起来就变得无比意味深长了，于是想，在你的成长过程中，你究竟有多少次漠然、轻视、忽略，把一个母亲的叮咛丢在耳后？有多少，有多少次？

躲过她眼里的光芒，我别过头去，再来仔细看便签上的字，把冲撞进眼睛里的酸涩给逼回去。我笑着学她的样子，捂住右眼，去看那些字，哦，我即刻明白了母亲的字怎么写得那

辑一　来处

么混乱和潦草了，艰难辨认后，条理还是清晰的：

1. 温水泡3—4小时（越好的燕窝泡发的时间越短）。
2. 换温水继续泡发清洗，不要弄碎，拣出羽毛和杂质。
3. 用80度水烫一下，撕成条状（如果燕边依然硬，可剪下继续泡）。
4. a, 装碗加浸泡水蒸30—45分钟；b, 也可直接放锅里烹煮，水沸转小火3—5分钟（时间长了会化了）。
5. 出锅可放冰糖、椰汁。

她不会上网，我不知道她费了多少周折写出了这个"秘方"。我仔细回忆，这应该是她远在新加坡的外甥给他寄来的燕窝，那位表哥曾和她有过一次长长的国际电话沟通，他们在电话里用浓重的桐城口音交谈，他告诉她这一款燕窝的正确吃法，她在电话的这一端手里握着一支笔，一边频频点头，一边不停记录；我当时真的在笑她的像煞有介事，我以为她不过是出于对想尽孝心的表哥的抚慰，可是她居然通过笔录和记忆，补充完善了这个处方。

这些燕窝她原本可以留着和父亲慢慢享用，可她偏要仔细分成几份，送给她的女儿们。但我们怎么能要。面对我们五花

015

八门的拒绝,她的理由只一个:若不分享,我和你爸吃不下去。

她说这话时,就像在说出一个真理,就像她年轻的时候,宣布一个革命或建设的真理,这让她的理由变得冠冕堂皇,也让你无条件接受。

呐,这是你的。——纸质托盘上妥妥地几枚上好的干燕窝。那些长得像耳朵一样的燕窝,无杂质,很特别,它们被她摆放成一个队列,一共五枚,——这让我立即想到,"五"这个数字,对于母亲,是个奇妙的数字,不知何因。她有许多物件,都和"五"这个数字有关,她的水果盘上栖息着五只小鸟;她年轻时爱收藏,买五枚银行发行的纪念币;她随老干部出门旅行,带回来的东西大多都是五个……我突然明白,她一生爱这个数字,很大原因可能就是她生养了我们五个女儿吧,那么五,就是包含了一个母亲巨大爱的数字,那已经不是一个数字。

蓦然,我看见她掉色的红棉袄上,少了一粒扣子。

这一年多,父亲生了大病,她几近被我们忽略。我再也没有给她买过新衣服,也再没有和她亲昵地、撒娇似的开过玩笑。开不起来。

她人缩小了,步子更加轻,仿佛无着、胆怯而恐惧;头发变得雪白,仿佛是一夜之间;更加糟糕的是她曾经无比美丽的双眸,是那么浑浊,蒙着雾气,视力下降到0.4,她眼里的世界恍惚而黯黑。然而,直到她必须要做白内障手术的前几天,我都对此一无所知。甚至，面对一向健康的父亲突如其来的重大疾病，以及在父亲的治疗方案上的分歧，我们在她面前哭，探讨，纠缠、争执、分歧。是的，那时我们四处奔波到处求人，肝肠寸断心力交瘁，我们完全忘记了母亲，忘记了她已是80多岁的耄耋老人，我们的眼里只有父亲，而根本忽略了她渐日孱弱的生命，面对家庭巨大灾变时的无着、胆怯和恐惧。还有作为妻子和母亲双重之爱交集于现实中的不可承受之重。

那些争执和分歧常常把她逼到客厅的沙发上，屋角，窗下，以致没人看到的地方，本来的忽略，我们常常甚或不知她的存在，她偶有的叹息，也毫无声响地消散在姊妹们激烈的情绪以及某种不祥的疾病氛围里了。

短暂的寂静，时空凝滞，就在这个间隙，我们听到了一个声音，那是母亲的声音，从一角传来，母亲说："你们的爸爸是有福气的人。"这几个字从她的嘴里飘出来，像飘过一只红气球，那么轻，飘浮在空气中，在头顶上，我们都能看得见。父亲突然有病，畅快流水的日子被阻，乱石都被冲起来。越阻越高，流水激增，我们手足无措，而在那些争执和分歧中，第一次，我们认识了责任、担待，还有我们未曾想到的"无能为力"。家庭无事，天下无事；一旦有事，全都是事，一切就乱了，仿佛没准备好，生活节奏，思维方式，情绪，心态，人际关系，利益，得失，一堆乱石被冲起来，水流四处漫延，水中是我们的倒影，在指手画脚，争执和分歧，以及焦虑、扭曲、失真、变形的脸,无能为力。母亲说过后,持续着安静,我们的手舞足蹈,说话的嘴,振振有词,互不相让的架势,都定格在那里,只有红气球飘在空气中,在头顶上,适才我们在听到母亲的这句话时,就想流泪,但我们控制着,极力控制着,怕稍有响动,母亲的红气球,就破了……

"要严格照着做啊,不能胡乱弄,会糟蹋了好东西。"我手捧着那几枚燕窝,下楼,母亲的声音,从后面追过来。

走进沁凉的夜,身后是我熟悉的小区,深秋冰冷的雨丝在闪烁不定的路灯的光芒里飞翔,像被吹散的蒲公英,悬浮和飘飞,无着、胆怯而恐惧,有一点犹疑,但最终都落在蒙住燕窝的塑料薄膜上;薄膜下五枚温暖的小耳朵乖巧地一动不动,我仰起脸,毫不费力就找到了属于母亲的那一扇窗。

拉开车门,仿佛打开心胸,"哗啦"一声,我把藏在里面的黑暗,一下子赶到空旷的夜里。

成长，在书画之间

画画，伴着成长，从来没有离开过我的生活。

儿时画画，应该叫涂鸦，记忆里，只会画向日葵，漫山遍野，一片金黄，我都分不清那一片金黄里，是花朵还是太阳的光芒，把我照亮；一个小小的女孩，淹没其间，整日在向日葵的黄金里、香气里、梦幻里，不画向日葵又能画什么呢？直到有一天，在某个清晨的某一瞬间，出现了另一个女孩，她从向日葵的画面上走下来，没有看见在溪边徘徊的大鹅，然后，女孩壮着胆子一脚跨过了门前的那条小溪，再转一个弯，就出了大院的门。背后，向日葵闪耀光芒，她并没有回头，而是沿着院落墙根下的沟渠一路走，她现在想弄明白的，是这一弯水的尽头有什么。好奇心是另一个长满向日葵的世界，充满未知、想象、诱惑的魔力。渠边的杂草镶着锋利的齿状花边，从黄土缝里钻出来，很大很大的毛毛虫，支棱着一身的刺儿在杂草和灌木丛中潜伏。杂草和毛毛虫一样，都喜欢给莽撞小孩的腿上拉一道道鲜艳的具有浮雕效果的红线。

流水是世上最不知道疲倦的东西，它们一刻也没有停止，哗哗地诉说着寂寞，白杨树的声音也是哗哗的，不过白杨树要借助风，风一来，它们才可以配合流水吟唱出更大的寂寞。听着这天地间的寂寞合唱，却并没有找到流水的尽头，流水没有尽头，寂寞就没有尽头，然而童年有。

上学以后，就不再画向日葵，画美人。这算不算一个小女孩某种女性意识的萌芽？今日来看，大约是扯不上的，倒是这种萌芽最终落实在书本、笔记、作业本上，甚至台灯的罩子上。解不出方程式是痛苦的，一道未解完的习题边上，女孩去画一个半遮了面紧蹙着眉头的美人。美人静夜独对孤灯，孤灯上怎可无竹？于是执了笔又在灯罩上画竹。啊，夜好静，寂静的空间里唯有修篁摇曳。方程式却偏要大煞风景。

灯罩上的竹子反正是自己看，可是作业本交上去，老师如何会饶恕？结果是可想而知的，我被父亲狠狠地责罚⋯⋯责罚之后，我在笔记本上画了一个少女张开一只手臂的背影，少女孩头发飞动着，伸向天空的手是无言的抗争，自此，画画这事儿便转为地下。

并不怨恨父亲。因为，依然是父亲，让我爱上了读书。画画是地下工作，读书却可以公开，什么书都可以读啊，连读《杨贵妃外传》，父亲都没有禁止。若论最爱还是《水浒传》，水泊梁山一百单八将，扯一块锦布做旗，占一座山头称王，大碗喝酒大块吃肉，替天行道快意恩仇。读书为人生营造了别样的空间，追慕英雄美人，打马纵横天下。

慢慢大了，真正的少女了，开始终日里为赋新词强说愁。读书很像是一种行为艺术，以为琼瑶的书，适合在湖边读的，直看到山朦胧树朦胧，秋虫在呢哝。尤喜下雨天啊，拉上窗帘，打开台灯，灯影里修篁依旧，被窝就成了另一个温暖的空间，这空间好似一个神奇的秘境里，可以读任何书。在这个秘境中，我是一位好奇心很重的游客，得到了许多邀请，我会随着基度山伯爵进入黑牢，一起接受法利亚神甫给我们传授各种知识；在郝思嘉的窗外凝视她在镜子前使劲咬红嘴唇，只为了在白瑞德面前显得好看一些；当然有时候，书中的人物也会参与我的生活，譬如我正陷入某种险境，乔峰自天而降将我救走……

如今回忆起年少的时光仍觉得奇怪，那时候，似乎一直在读各种闲书，自闭却也充盈，除了偶然偷偷画画，我还干了些什么别的吗？十几年，甚或几十年，就那样在文字、线条与色彩之间，过去了，过来了，成长，成熟，一直到做了母亲，依然爱着画画，并赋予它"梦想"，而读书突然有了目的。要伴孩子成长，我觉得是需要把这些年漫无目的的阅读获得的间接人生经验呈现出来。

风吹过

　　写作是最好的梳理，另一个空间，徐徐打开。于是，在每一个不同的环境下，选择一本适合阅读的书就变成了一件严肃的事情，它可以让你与一些灵感不期而遇。譬如在清晨，就个人爱好而言，我喜欢读与美学有关的书籍。有时候，一些字会跳进你的眼睛里："一只鸟的啼声很好听，或者两三只鸟在阳台上闹，也是动听的，如果一大群鸟在阳台喧哗，就变成了噪声。万物皆有其所，包括声音。山里的鸟多得数不清，但空山鸟语却很幽静，说明意境也要有空间，地方不对，鸟叫只是鸟叫，不成为声音，不生成意境。"（韦熙《照夜白》）

　　我一骨碌从床上爬起来。前几日，我在歙县的山里录了一段清晨的鸟鸣，一直想写一篇我自己的内心寂静和自然寂静相呼应的文字。是啊是啊，没有合适的空间谈何意境？我知道如何落笔了，我写出了那天，我如何闯入了某个空间和另一个空间的交界处，我在那个交界处，发现了美的另一个层次。

　　——散文《虚空》，就这样产生了。

　　鸟鸣有空山和树林来做背景，读书也需要有空间，这空间可大可小，在什么样的空间读什么样的书，总之你不要浪费。

　　读书的空间还可以有另一层意思。我喜欢在旅途中读小说。火车与飞机的空间里弥漫的是离别气息，在这种气息里构建小说中的另一个世界，这让你彻底离开了琐碎日常。通常是，一段旅程结束，一本小说杂志也就翻完了。然后，或赠予旅途中认识的新朋友或把书安放在最安全妥帖的地方，我希望有更多的人一起分享美妙的文字……我以这样的方式向文字致敬，向书籍带给我的成长致敬，当然更是向美好生活的致敬。同时，你发现旅行远没有你想象中那么复杂，你出门旅行并不是为了到达某地，而仅仅是，为了旅行，一个属于自己的异于日常的时间和空间。这让旅行的意义得到延伸。

当读书成为一种生活方式，有些事情就变得顺理成章。你翻开书，会听到来自自然的、生活的、遥远的、迫近的、内心的各种回声。那天，一个声音说，是不是你也可以出一本书，让别人来读？

《子非猫》的诞生，就是对自己内心的一个回应。然而，有一段时间我无法直视这本书。写作的初心是为了梳理自己，我不敢相信它们真的变成了一本书的样子，登堂入室摆在了新华书店的书架上。我也不敢相信自己会有那么大的胆子，居然在书中画了许多插图。书，在我心中多么神圣啊。直到这本书获得了第二十七届孙犁散文奖，这算是某种程度的认可吧？我才重新审视书中的文字和插图。

一年后再翻开自己的书籍，是一种风雪故人来的感觉。那里面是我近十年的成长轨迹……每一个字都是我对生活的真诚，而那些插图，是我重拾的童年梦想。它们一律不够完美，却依旧赤子之心。

无法忘记童年的涂鸦，目光越过岁月，那个淹没在向日葵金黄里的小女孩，那个企图去寻找水的尽头的女孩，那个在作业本上描绘美人的少女，在人生的路上循着梦想的光亮，迤逦行来，书画之间，渐日成长，终于也可以拿起童年的那支笔去描绘生活的另一个空间，世界的另一种模样。

在一张宣纸上去垒一座山，在山上山下种下许多树，让溪水从脚下潺潺流过……有一瞬间，一只飞鸟自丛林扑出来，从我眼前掠过。然后，手执画笔，仰望这座山上聚散依依的白云，心里，也复杂也感恩。很多时候，仿佛穿越千年时空，又与现实参差水墨濡染，我在云端飞翔，也在大地行走；文以载道，修辞立成；文章千古事，丹青写精神；笔墨当随时代，成长，我在画里，我在画外，我画山水，山水画我，子非猫，我非我，我在书画之间，在虚实之间。

甜蜜糖纸

我们小时候的玩具，糖纸算一种。可你说给如今的孩子听，谁信？然而，对于生在20世纪70年代的一代人来说，收集糖纸，玩出各种花样来，是很值得骄傲的事情，也是本领。

我们玩糖纸的时候，大约七八岁年龄，物质匮乏年代，糖果可是稀罕物，它算作点心类，常被作为节庆的礼物，因此只有过年了，我们才能见到，像是见到了彩虹。忍不住，伸手要抢，大人不让，要打，我们就把手缩回去，等着大人给我们分发。啊，那时候，吃糖果充满了仪式感，分发给我们之后，我们并不会立即撕开糖纸，把糖果塞到嘴里，而是捧一枚在手，就如同捧着了甜蜜和幸福，细细地端详，细细地感受，看清那裹着幸福的一层纸的色彩和图案，然后小心翼翼拆了。糖纸在左手，糖果在右手，即便到这个时候，仍是不能轻易放进嘴里哦,须先放于舌尖轻轻舔,闭上眼睛让糖果的芬芳弥漫开来,然后再放进嘴里慢慢溶化。奶糖是浓郁的,水果糖是清新的,若是巧克力,则会觉得新奇,你细细感受那细若游丝般的苦,便也开始了人生最初的思考:为什么苦,也这般美妙?

接下来要做的事其实比吃糖更加重要,我们把糖纸摊平夹在书本里,然后,你一个人或几个小伙伴一起,在某个温暖的午后,依偎在一个墙角欣赏书本里夹着的花、鸟、虫、草,又或者飞天、脸谱、英雄人物。这些图案虽然定格在这方寸天地里,却激发着我们无尽的想象,这个过程类似于现在的小朋友看动画片,我们在那些图案里编织着属于我们的童年故事,自然景观,大千世界。

其实,一张糖纸在儿童的手中,享受了抚摸、入册和欣赏的待遇并不算完,接下来玩,或者说游戏的过程才是最美妙的。对形形色色的糖纸,每个孩子都有自己的偏爱,有人为了炫耀,有人会折叠各种小手工。小孩子不会那些过于繁复的构思、造型和技巧,但几乎每个孩子都会用糖纸折叠小船,然后把脸盆倒上水,把小船放在里面,漂啊漂的,我们就能想到河流和遥远的海洋,并充满想象和憧憬。我最喜欢的,是那种玻璃纸的糖纸,这种糖纸从糖果上剥下来是皱巴巴的。那会儿别看我们很小,可聪明着呢,我们懂得玻璃糖纸遇热会变平整,所以,若得了好看的玻璃纸糖纸,就用热水去泡,然后把它贴在窗户上风干，再压进书本中放在枕边。第二天清晨看它，它就变得非常平整了，那就是一个奇迹！之后，依然是某一个午后，我们把一枚精心整理过的玻璃糖纸放在温热的小手心里，用手心的温度去促使它慢慢弯曲——这就是我们的游戏——最后谁的糖纸先弯成一个筒状，谁就是赢家。赢的孩子咯咯笑个不停，输了的孩子拼命对着自己的小手哈气，希望下一轮能胜出。这个场景现在回忆起来还是那么美，那么甜蜜，那么令人怀念，想想看，三两个小女孩，温暖的小手捧着漂亮的糖纸筒，她们从那个纸筒里看天空，看太阳星辰，看远处的一座房屋，看姿影缤纷的花草树木，偶然也会看到一只鸟，或者一群鸟 流星雨一样，不及看清，一闪而过。

少女时代，如此简单，有了一块可心的糖果，我们就拥有了整个世界。

有如一闪而过的鸟群、流星雨，没有人能留住时光，转而发现，糖果越来越多，品种，还有糖纸的色彩、式样、材质、图案，也都不一样了，你在慢慢出现的各式块糖、棒棒糖、跳跳糖、象形糖、口香糖中，看到了世事的变化和魔幻，你开始长大。于是在我们这代人中，有极个别的人，把玩糖纸变成了"收藏"，即是对时光的怀念，也不免有些许商业的意图，而更多的人，如我，那些各式糖纸以及夹着它们的日记、书本、刊物，在人世的变迁和颠簸过程中，不经意，一一地被丢弃和遗落，再也找不回来。

风吹过

　　好在，糖纸外的那个美丽世界还在，但已不是童年的眸子和视角；糖纸里的甜蜜梦想还在，只是变得稍显凝重和犀利；游戏以及快乐还在，永恒印存在记忆里了。

迷 路

如果给路痴分级,我应该是骨灰级。

我猜这与我的出生有点关系,我一落地就迷失在新疆特克斯的八卦城里了。这是一座举世闻名的以太极八卦图布局的城,它神秘莫测,如同迷宫一样的道路从来就没有红绿灯,你自然也就不需要搞清楚东西南北,因为那些道路环环相扣,街街相连,你每一次任意地点的出发,都可通往街心花园,当然也可通往任何你想去的方位,比如坤位,那是我家的方向。

这种带着出生印记的迷失,会跟着你一生一世。

接近十岁的那一年,我踏上去往父亲家乡的旅程。站在蚌埠的街道上,第一次看见不同于八卦布局的路,并不是父亲口中用水晶铺成的马路。我站在那里,耳朵里有火车长啸的声音,有梦想破灭的声音,有伤心哽咽的声音,我被这些乱糟糟的声音厚厚地包裹，张口结舌。大概是那一天我才有点明白，不是所有的道路都可通往太极之眼。在八卦图中迷失童年的我，只能又一次迅速迷失在这座全国最重要的交通枢纽之城，这似乎别无选择。从此，我再没有机会可以形成东西南北的方向感。在无数的行走中，我最擅长的是迷路。

譬如昨日，在灵隐寺景区游览结束，一边跟着众多游客向出口处走去，一边欣赏路边古树的各种姿态。但见古树或枝柯交错或虬曲苍劲或浓绿如云，心下正啧啧称赞，忽然惊觉，身边游客何时散去？小径上只我一人对着树木惊诧不已。看过时间方知二十分钟的路程，我走了近一个小时还没有到达，毫无疑问，我迷路了。此刻已不辨道路远近，只见曲径通幽处，有数枝芙蓉盛放，芬芳鲜美，夹岸而生，透过花丛见一僧侣身影若隐若现。绕过花丛，又见竹林茂密，那僧侣背影正迤逦远去，竹林处，僧舍俨然，舍前一桥一溪。复上桥，行数步，豁然开朗，溪边菖蒲幽静，山石肃穆，溪中锦鲤悠闲自在。

且慢，我这段话是不是有《桃花源记》的味道？

索性不急着寻路，坐在溪边看了半天锦鲤，竟发现这僧人饲养的鱼与别处也大有不同，都说子非鱼，可有时候鱼非鱼，这个且按下不表。我想说，若不急着赶时间，这样的迷路倒是多多益善。

步行迷路虽然会闹出种种笑话，可由于鼻子底下有嘴，只要肯问，总归可以到达目的地。但无论如何，迷路都不是一件值得炫耀的事情，尤其是开车。

　　由于擅长迷路，我吃过太多的亏：开车去蚌埠南站接人，结果一溜烟就上了去凤阳的桥。那一天天寒地冻的，让朋友在风地里被冷风吹了半个钟头，唉，这事儿不提也罢。

　　曾经跟着车队为一个亲戚的父亲送葬。彼时一辆辆车头别着白花的车都是好辨识的，可一旦上路，毫无悬念，几个红灯下来，我就被搁浅在了某个无名的路口。电话联络领队的，人家带着不可思议的表情（当然这是我根据他的语气想象的）说：在某某路口向南边的路拐弯啊。我硬着头皮：您能告诉我是向右还是向左吗？对方吼：我咋知道你面向哪里的，我怎么知道是向右还是向左！那是我第一次认识到迷路并不是一件简单的过错，若误了时辰耽误了逝者上奈何桥，是何等的罪过！

　　我拥有驾照的时候，驾驶私家车的女司机算是一个比较稀罕的事物，在无数次乐于助人的过程中，无论是有意还是无心，我承受了太多的嘲讽，人们理所当然认为不认路的司机是个笑话。每当我迷失在一个又一个十字路口，我都会困惑，人生的迷茫和开车迷路的区别在哪里？不辨方向，让我无法看清前进的道路，即使看清了也恐惧不能确定。这种状态摧毁了我许多自信，也促使我否定了许多自己曾经坚信的事情，它让我的世界微微失衡。

　　也许你会说为什么不用导航？且不说导航只是这几年的新生事物，问题的关键是它并不万能，比如在地下停车场。在这里我经历过许多不同的迷失：办完事情找不到车，找到了车又找不到出口，找到了出口却又逆行……这个幽暗神秘的地下空间是另一种意义上的迷宫，在这里有一万辆汽车冲着我汹涌而来，而所有的方向指南都会对我失效，我是一个战败的将士被敌军围困，握在手中的遥控器如同一个巨大的惊叹号，它对着一万辆汽车发出天问：为什么没有一个设计师想到把地下停车场建造成新疆八卦城的布局？

后来我终于想到一个最适合自己的防止身陷囹圄的妙招——拍照。以我的车为中心，拍不同角度的相片做参考，这种方法屡试不爽，然而我并没有得到任何满足，你知道把每一次的停车当成案发现场的举动，会给自己造成多大的心理阴影吗？

事实上有了导航又如何？被导航带迷了路，也许伴生的是更深的无奈。你打开手机导航设定目的地，林志玲便开口说话："从当前位置向西南方向出发……"你抬头看太阳，现在是早上八点半，太阳的方向是东方，依据上北下南左西右东的地图常识，大概可以确定西边的方向，可是西南是什么概念？

有时候我会和导航较劲，就不信蒙不对一次！我认准一个方向义无反顾迈开步伐或者启动车辆，美女志玲突然急切地提醒："你可能已偏离路线，正在为你重新规划，你可能已偏离路线……"竖着耳朵等她重新规划……"当前 GPS 信号弱，位置更新可能延迟。"她说。

一阵风吹过，一抬头，乌云遮住了太阳。你从哪里来，要到哪里去，突然发现这个人生的命题，我居然是在迷路的过程中，想得最多。却终是迷茫。

风吹过

觉　知

　　我对许多事情的觉知都是滞后的，这是某种与生俱来的迟钝，我曾经以为与出生有关。我说过，我一生下来就迷失在新疆的八卦古城，一直长到十岁，回到内地，才知道天山外还有一个世界。我在这个世界里，有一天突然明白了"藕断丝连"的隐喻。我第一次与藕相见时，它们裹满淤泥的身子沐在傍晚金色的霞光里，叽叽喳喳挤在一辆板车上被人推着走。我追着那辆车看不够，一边惊奇地问奶奶：啊！红薯原来是这样啊！拉车人一脸惊诧，他停下来给了我一节莲藕。那天奶奶站在皖北大地的田埂上笑岔气的样子，是弯着腰的，仿佛那以后，她就定格成那个形象，腰再也没有直起来过。

　　回家后，那节肮脏的莲藕被奶奶洗白了，她说不出什么出淤泥而不染的道理，好像也没讲哪吒借莲藕还魂的故事。可不

辑一 来处

知道为什么,当她用手轻轻掰开藕节,随着一声脆响,一些神秘而柔韧的丝线在最后一抹霞光里轻颤着,金光闪闪,胜过了许多说教。

有一天我惊觉,我是在笑弯了腰的奶奶离开人世不久,开始整合童年的。譬如我回忆起我爸是校长,可我却遭遇过校园霸凌。

校长女儿遭遇校园霸凌,怎么说都是不可思议的事情,至少,在韩剧里,都是校长的女儿欺负其他学生。对吧?这事儿一反着来,就注定有故事,或者说,得看时代背景。20世纪70年代后期,父亲还是"东方红中学"的校长,我是学校小学部里最小的学生,刚刚六岁。班级里一女生,足足大我三四岁,个儿很高,头发永远披散着,有点斜视,走路拉风,身后总跟着两个脏兮兮的小孩。她是所有孩子的头,她倒也没像韩国电影里那样,对我做出什么激烈的举动,她只是私底下号召所有的孩子不准和我玩儿,同时威吓我不许告诉家长。如今想想唯一遗憾的是无从得知被霸凌的理由是什么?欺凌弱小是所有动物的天性,动物多半只为了生存,人类对同伴的欺凌却复杂得多。这种回忆并不让人愉快,因为无论如何我都无法穿越时光,去保护、拥抱童年的自己。那个小小的我,就坐在老师眼皮底下,却像被关进了黑屋子,孤单、恐惧、无助。短短几天被孤立的日子,却如同一个世纪那么漫长,生生扯去了童年的一角，形成一个空缺，表面无迹可寻，却作为一种缺憾永远留在了生命里。

终于，母亲发现了问题。她先是和老师谈了这件事，然后把那个女孩以及她的追随者请到了家里。那天中午艳阳高照，有风，我家院子里那棵白杨树一直在"哗啦啦"地唱歌。它的身体上有一圈被铁丝勒出来的沟，那是曾经为了晾晒棉被，套在它身上的枷锁形成的伤。每一次它唱歌的时候，我都会有种莫名的忧伤。

女孩们围着吃饭的桌子坐下，母亲在桌上摆了零食，她像主持人一样主持了圆桌会议。如今想来，一个母亲要保护自己的孩子，自然每一句话都是有分量的，可面对几个比我大一点的孩子，这个分寸的拿捏显然要费些思量。她会像我现在一样，在琢磨一篇文章时，突然得到一些灵感，然后一骨碌从床上爬起来，打开电脑吗……哦，那会儿没有电脑。我回忆不起来她在做这件事之前有过怎样的焦虑，我甚至不记得她说了什么。会议结束时，盘子里的饼干和葡萄干也吃差不多了，她让女孩们向毛主席做了保证，要做一个善良友爱的孩子。这是我唯一记住的细节。在以后漫长的岁月里，作为成年人的我，有几次试图穿过长长的时光，去怜悯童年被关在"黑屋"里的自己时，我都能看见一束光，那是母亲的智慧之光。

其实，让人耿耿于怀的不是被欺凌，而是，为什么自己不在第一时间告诉家长这件事呢？然而，现在的我又并不能为过去的我做决定。

潜意识里，我想找出自己并不迟钝的证据，证据没有找到，却在时光隧道里捡到了另一枚碎片。某天，正和小伙伴们玩捉迷藏，看见母亲从粮店买回来一桶食用油，母亲的身影一出现在大院门口，我就飞奔着迎上去，自告奋勇要替她分担重量，母亲拗不过我一颗急于表现的心，千叮咛万嘱咐的把桶交到我手里。

那是一个吃饭要粮票，买油要油票的年代。拎着一家人至少要用半年的油，便仿佛替父母分担了生活的重量，我要让母亲见识到我的能量。油桶沉重，脚步却假装轻盈，走啊走，明明已经听到了白杨树的歌唱，却好端端一个趔趄摔倒了，油桶盖子飞了出去，把太阳都吓了一跳，飞快地躲进最近的一朵云里……当母亲追上来的时候，世界已经在这一刻静止，小鸟在屋檐上张望，白杨树收住了歌唱，土地对突然浸润其肌肤的金色液体束手无策……我匍匐在地，目睹了几只虫子被困在油的海洋里，它们拼命突围，在挣扎中筋疲力尽。

我没有等到它们突围成功，便接受了母亲的惩罚。听着母亲痛心疾首地问我：为什么油桶倒了不赶紧扶起来？却看着它流尽最后一滴油？站在白杨树下的我哭成了泪人：我犯了大错。我要为今后菜中无油负责，也要为被我改变了命运的虫子负责。没人能真正懂得一个小孩，白杨树不能，我自己不能，母亲也不能。

　　有一段时间，我总是通过各种渠道寻找童年美食，奶皮子、酸奶疙瘩、杏干……甚至甜蜜蜜的新疆辣椒。我使劲想，我的童年没有饥饿的经历啊，不过，有件事倒是依稀记得。我家厨房在那棵喜欢唱歌的白杨树旁边。早餐，我们一般喝奶茶，有时候也喝牛奶。新疆的温差很大，从厨房到餐桌，几十米路程，一碗牛奶要证明自己的纯度，会抓紧时间结一层厚厚的奶皮子，当这碗牛奶被端上桌，我和小我一岁的妹妹同时行动。"抢"是童年的游戏，也折射孩童的性格。妹妹迅速端起碗，我则把勺子抓在手中，然后，眼睁睁看那一抹香浓的奶皮，如同一枚白色花瓣，飘进了她的嘴里……

　　父母为什么不同时端出两碗牛奶呢？我问过二姐。"有时候没那么多奶。不过，你不端碗却抢个勺子做什么？"二姐反问我，"最奇怪的是，你每次都这样！"

　　我和童年的一切都失去了联系。我的童年与"迟钝"之间究竟有没有微妙的关系？我并不曾理清，可为什么要理清呢？所有你期望理清的问题都没有答案。

　　我想起最多的，还是我第一次和莲藕的相遇，每一次去祭拜奶奶，我都会想起那些泛着金光的线……多美好的画面。

　　其实有件事要说一下，有一年，我从大姐那里听到一个讯息，那个欺凌同学的女孩，嫁了一个家暴男。"她经常被打得鼻青脸肿。"大姐说。那年我大约三十岁，正二读《红楼梦》，家暴在我脑中的概念是，只有迎春这样的"二木头"才会遇到。她那么威风的一个小孩，怎么会？

后来和几位学道的朋友聊起过这事儿，其中一位问我当年听到这个消息是幸灾乐祸还是心怀慈悲？我说都不是，我只是不信。他问，现在呢？我就给他说了打翻油桶的事件，那桶油改变了几只虫子的生命轨迹，焉知突围成功的虫子有没有改变更多？根据蝴蝶效应，这个事件甚至有可能参与了全球的气候变暖。

我说，从子宫、坟墓，到我们生命中的每一次和植物、动物，和天、地、人，甚至和风的相遇，都不是平白无故的，只是，我们多不能觉知。

他说，对。一切都是最好的安排。

风吹过

界

国画《界》,因为印在民盟"走进春天"的画册上了,于是,不断有人问我,《界》想表现什么?

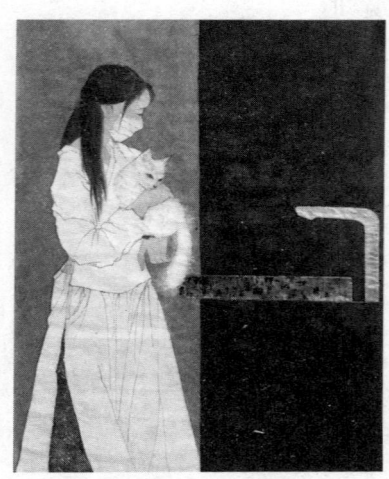

界

辑一　来处

　　《界》的创作缘于一个微小说《武汉故事》，这个微小说至少在我的朋友圈广为流传，心酸、微苦，有些魔幻：

　　　　家里的水龙头是红外感应的，但这两天水龙头坏了，把手放在下面一直没水，但现在哪里有人会过来修？太糟糕了。
　　　　但是奇怪的是，家里的猫把爪子放下去竟然能感应出水来，看着猫猫在一旁舔着爪子上的水，我意识到，可能不是水龙头坏了，而是我已经不在了。
　　　　希望家里都好，猫也好。

　　作品完成后，一直没想到心仪的名称，眼看着，"走进春天"画册要定稿了，还是没有合适的名称。我们都知道，一幅绘画作品名称的重要性。彼时，民盟市委专职副主委王亦众说：叫《界》，如何？
　　简直了！太准确！虽然，我无法揣测王主委以"界"为题的动机，但我却从"界"中领悟到了许多的"画外之音"。
　　界，从最简单的字面理解，不过是界限、界别、层次、范围、场域等，然而，在中国文化中，界，实际上有着无比丰富的意味和内涵。它可以形容不尴不尬，左右为难，如宋人吴泳诗句"道如大路皆可遵，不间不界难为人"。它也可以形容一个人不靠谱无见识，如朱子所言"便是世间有这一般半间不界

041

的人,无见识,不顾理之是非,一味漫人"。它可以形而下,实在,如荀子曰"求而无度,量分界,则不能不争,争则乱,乱则穷";也可以形而上,高尚,如范晔言:"奢俭之中,以礼为界"。清马建忠自注"界说",曰:"界之云者,所以限其义之所止,使无越畔也。"所谓界说,已无界说,比如此界,是世界?是疆界?是眼界?是心界?是尘界?是境界?

我记得20世纪90年代,皖北地区有一部很有影响力的小说叫《界外》,是作家刘彬彬的作品。小说描述一个人与世界的某种对抗状态,主人公在一次会议中,丢失了证明自己参会资格的文件,他一直想证明自己的身份,却无"资质"和"凭据","空口无凭",他无力改变自己的尴尬处境,他做了很多努力,最终也无法与之沟通。于是,要融入社会,或者说,融入一个不属于他的圈子的过程,变得异常艰难而荒诞,似乎,连他存在方式都是荒诞的了。是的,你是谁?何以证明?给我看你的"文件",对不起,没有,那就只能被挡在"界外"了。

思路一打开,就想到一件好玩的事情,几个女友猜谜语,一人出题:"荷叶饰画意,竹外斜一枝。打一字。"一女友脱口而出:"界"。猜谜是我的短板,就傻乎乎问,为什么是界?"笨蛋。界字上面是田,荷即莲,莲叶何田田;界字下面是介,竹字少一笔!"那个会猜谜的女友很不客气地回答我,然后笑了。

我很是汗颜,竹字少一笔,我的脑袋缺根弦,确实笨蛋。复又感慨,瞧瞧,这世间况味,人间冷暖,怎一个"界"字了得！

也罢，咱不咬文嚼字，说说古代的神话吧，那可是"界"的世界！在中国的神话传说中，界分六界——神界、魔界、仙界、妖界、冥界、人界；其实，道家也有六界——欲界、色界、无色界、四梵天、三清天、大罗天。

这么多的界，每一界都有规则和法度，你自去体会。那么，六界之外，世界有没有尽头？我不知道。所以，我其实想画一种无奈，我们每个人，往往都会被历史的、自然的、时间的、时代的、神的、人的一些力量推动着，看不见；而我们常常已站在了一个人生的临界点上，那是起点也是终点，是此岸也是彼岸，是出发也是抵达，是叛离也是回归，就像天和地，有和无，生与灭，你和我，你以为你可以选择，而很多时候，你不能。

对于我所呈现的这个失去生命的女子，她所有的梦想都在某一刻终止，画面中，她不过是在赴彼岸之前，与此岸的不舍进行了一番拉扯……而界内界外，谁有能力决定生命的延长和存在？你有吗？有，在另一个世界，用另一种方式，甚或就在现世，比如我正写下的文字，比如我刚刚完成的那一幅画，那么不期然的，获得命名。

我决定叫它《界》。

风吹过

轮　渡

从舟山蜈蚣寺码头坐轮渡去对岸的普陀山，有多远的距离？若以时间计算，大约十分钟吧。

那天上午，我们在那里等渡船，去普陀山礼佛。当渡口人越积越多的时候，我在微信朋友圈里看到一则消息：陈波去世了，昨天晚上。

在试图消化这个信息的时候，我已经坐在了渡船靠窗的位置上。船外的海与天不仔细看，以为是一色的，其实不然，天空是灰的，低低地压下来，东海则是黄的，若不是偶有灵动的海鸟掠过，你以为自己在北方的河流上。其实灰与黄也都不纯粹，当海水与渡船一起晃动起来时，它们就干脆连接在一起了。

接下来就是按既定计划进行一天的行程。礼佛、观景、拍照、听海……可是在原本应该欢乐的旅途中，一直有某个情绪

辑一　来处

试图从脑海里跳出来，然后模棱两可地悬挂在记忆的边缘，让你费劲去思量，挥之不去，那是什么？

冬天的东海，原本是浑浊凝滞的，我们到了海边时，它突然就起了波澜，风助推着它去拍打岩石，一下子又一下子，像一个丢失了孩子的母亲在捶胸顿足，令人不忍再看。转身到另一个岩石边上，海水又呈现出一种庄严肃穆的样子，它低吟着回旋，在你脚边先是卷涌出一朵莲花，然后是两朵，无数朵……白莲花此消彼长的，在这里涌起，又在那里消失，你看痴了过去……刚湿了眼眶，那无数的白莲忽然凝成了一朵巨大的浪花，没由来地扑过来，将你的鞋子浇了个透。你惊叫着跳开去，顺势将就要落下的眼泪又吞了回去。

往回走的路上有无数的朴树，远远看去，十分壮观。一只猫徘徊在树丛下，左顾右盼。和它搭讪，它则一会儿对你亲昵，一会儿又充满戒备。我们一厢情愿地猜测它的喵语，它却突然以迅雷不及掩耳之势"嗖"一下蹿上了大树……不远处一只狗不甘心地摇着尾巴，嘴里咕哝着不肯走开。天空中有星星点点的雨飘落下来，穿过朴树的枝枝丫丫，停留在我们的头发上围巾上。一只白鸽安安静静地站在另一个高处，一动不动，孤独而忧伤。

"鸽子，你不用等我，我和几个朋友在一起。"陈波生前喜欢这样给老婆打电话，然后是一帮人的笑声，"哎呀，你和你老婆，这么腻歪啊。"

坐轮渡下山的时候已近傍晚。归与去，惊人的相似，不一样的是你已经接受了这个消息：陈波走了。于是许多事情都一下子涌上心来。

他负责我们地方日报社的《文化周刊》，他经常有新思维、新行动，于是把我们召集去开座谈会，听我们的想法和建议，完了，就让各自认领采访命题。这些年，比如采访抗战老兵、采访新博物馆，还有"三八节，对话家风"之类的，他还带我们去大山深处探访"安庆六白猪"的养殖……在他主办《文化周刊》的两年内，他光督促我，就完成了好几个颇为重要的选题。而在采访的过程中，许多细节他亲力亲为，联系单位、联系负责人、安排落实采访地点，他甚至把我们带到被采访人的面前，他才离开……他做这些事情的时候，总是带着他的微笑，仿佛标志性的，小眼睛眯成一条缝儿，看上去不急不躁的，可如果你在马路上偶遇他，他最常用的问候语一准儿是："怎么样，那个选题，你有思路了没有？"

他尊重我们，我们也尊重他，尤其感佩他的敬业精神，一切都是向上的，一切都是刚刚好。可是，再然后，他生病了。生病了也没什么大不了，他戒了烟酒，依然带着他的陈式微笑，接受化疗，也接受掉头发。我们都用自己的方式为他祈福，我画观音扇送他，颖姐写了《百福图》，而他自己每天游泳，手抄《心经》……我们都相信这个过程会很长很长。也许五年，也许十年，或者永远。

辑一　来处

　　然而，没人能留住他。从查出生病到离世，一年都不到。

　　归去的轮渡，依旧是十分钟的时间，我照例坐在窗口，冷风中海水和天空，依然是灰与黄的纠缠……我和同伴说我明天想和海霞一起回去，或许能赶上送陈波。梅说，来不及了。索性不拘形式，用自己的方式祭奠他吧。好吧，阿弥陀佛，说不准，他也许是乘了一班轮渡，去了他自己的山水和最初的故乡，欢喜着、忙着、乐着，微笑着，联系采访地，让我们等他回来。

　　不知什么时候，一船的人都散了，我和梅落在后面。雨下得紧了些。我们都没带伞，一阵小跑。无端的，我停下了，蓦然回首，一眼就看见了普陀山那尊南海观音大佛，金身华美，脸如满月，眉清目秀，左手托法轮，右手施无畏印，大慈大悲，我舔了一下嘴唇，那些雨水，丰沛，润泽，甜如甘露。

风吹过

桂花意绪

　　我的秋天，自以为是从桂花飘香开始的。往年，伴着这香气，总会有记忆的馥郁和沉醉，哦，年轻时，那一场如花盛开的爱情，也或许是，父亲亲手烙的中秋糖饼，总之都令人欣喜。今年却不。当桂花仙子舞着衣袖在这一方空间游荡，无论是回家还是下楼取快递，立刻就被她舞出的香气迷茫了眼睛，那香气似有还无，没来由的，就想，哭一场。你无从知晓触碰了心上的那根花枝，如何就厌倦了自己曾经与秋天一起立下的誓言。可桂花的气息，并不打算理会你的悲伤，以及次生的意绪、愁绪和情绪，它极有耐心，不管你如何防备，它都与你同在，香气逼人。是的，没来由的，我在这个秋天，是如此焦虑、沮丧、心灰意冷。

　　我没有悲秋的习惯，这是怎么了？悲秋是诗人与这个季节

辑一　来处

之间的圣约。到了夜晚，桂香带着一种沁凉，终于可以覆盖夏日最后的燥热，让大地平息下来，让人平息下来，随后，秋天带着一身桂花香，性感、妩媚、华彩，款款而来。往年我会以敞开之姿，迎接和融入，欣喜不已，而今年咋了，这般的无来由，我将身体藏匿于桂花树荫之下，悲伤随花香四处游荡。那么索性，读一读桂花的诗词吧。只这随手一翻，第一个就是倪瓒的《桂花》：

　　桂花留晚色，帘影淡秋光。
　　靡靡风还落，菲菲夜未央。
　　玉绳低缺月，金鸭罢焚香。
　　忽起故园想，泠然归梦长。

倪瓒擅画山水和墨竹，山水笔简意远，惜墨如金；墨竹更是寥寥数笔，万千气象；书法从隶书入，有晋人风度，诗文亦了得。倪瓒爱洁成癖，尽人皆知，我倒以为，他生不逢时，不与污秽之人为伍，是洁身自好吧。因此诗写得清丽，也写得惆怅，山重重啊水重重，有家在却又不能回，这被桂香浸润的漫漫长夜，要如何熬过？秋日桂花初开，而由此撩动的乡愁积郁已久。

借桂花哀叹羁旅在外的悲哀命运，立即就想起宋朝吴文英的词：

049

风吹过

浓香最无著处,渐冷香、风露成霏。绣茵展,怕空阶惊坠,化作萤飞。

自然还有李清照了:

揉破黄金万点轻,剪成碧玉叶层层。风度精神如彦辅,太鲜明。梅蕊重重何俗甚,丁香千结苦粗生。熏透愁人千里梦,却无情。

这香气,竟是太无情了!谁会这样写?一下写到人心里。伊人在词中对着桂花似嗔非嗔:我如此倾心于你与众不同,特立独行,你却为何,好端端惊扰了我的千里梦,你说,这不是无情,它又是什么?

任你如何对桂花又嗔又怪,你终究无法了解桂花是否始终忠实于自己,而在所有的诗词典故里,桂花一直都是美好的化身,这一点毋庸置疑。

"乘赤豹兮从文狸,辛夷车兮结桂旗"。啧啧,屈原《山鬼》里的赤豹在前面拉车,车后还跟只大花狸,这上古时代山中女神赴个约会,竟是这样的场面,纵然山鬼是绝色女子,也不够破这空灵诡异的画风。还好还好,"物为美者,招摇之桂。"(《吕氏春秋》)车上有桂旗摇曳,芳香馥郁的桂香想必能给约会增加点温暖的色彩。

　　说桂花,如何能绕开《红楼梦》。《红楼梦》中关于桂花的描写有许多处,文字间有香气,翻着书页嗅,就能找到。第二十八回中蒋玉菡的酒令:"女儿愁,无钱去打桂花油。"《红楼梦》里很多细节描写,都会引起争论,这桂花油是个什么东西,只这一问,必是争议,也多无结果。这桂花油,是类似现在我们使用的精油之类的女性化妆品吗?至于是抹在头发上还是擦在肌肤上,谁说得清楚?又有什么要紧呢?若是《红楼梦》中的一道美食,我就会兴奋起来,万万不能放过,哪还有什么万般的悲伤和愁绪。且慢,不要想当然以为是桂花糕,它有一个非常清雅的名字叫"木樨清露"。木樨是桂花的别名。第三十四回,宝玉遭其父毒打,卧病在床,没了胃口。王夫人便命袭人取了木樨清露给宝玉送去开胃:

　　　　……袭人看时,只见两个玻璃小瓶,却有三寸大小,上面螺丝银盖,鹅黄笺上写"木樨清露"。袭人笑道:"好尊贵东西!这么个小瓶儿,能有多少?"王夫人道:"那是进上的。你没见鹅黄笺子?你好生替他收着,别糟蹋了。"

　　进上的,就是贡品,荣国府这样的人家,都觉得这露尊贵,那该是怎样的一种美食呢?

不知道古人如何将桂花做成美食，甚或不知道古人如何收集桂花。现代的见得多了，工业化的，土法上马的，百姓人家的，触目惊心，但凡是可入食谱的，一律都逃不过被野蛮糟践的命运。这不，傍晚时分下楼跑步，又见小区里两位妇人，腰上都系着围裙，一人手兜围裙，一人伸手去薅桂树枝头繁密的花朵；金色的粟米一般的花朵被主妇们打落凡尘，坠落在布满油污的围裙里。半是好奇半是不忍，问她们这是干什么，一张如同儿童涂鸦一般无辜的脸转向我，笑容却是暧昧的："做桂花酱啊！"

忍不住叹息，上一季的栀子花经过几个轮回被"采摘"的命运，如今连母体也基本不见了踪迹，意外的，心中竟是跳出诗意的句子来——但愿这抹桂香，能让主妇们平凡的日子变得精致，若能研发出"木樨清露"，就不枉了桂花这一番悲壮的坠落。——这是我内心的祈愿，或者慈悲，仅只是给桂花的。

　　遥知天上桂花孤，试问嫦娥更要无。
　　月宫幸有闲田地，何不中央种两株。

好喜欢香山居士的这几句诗，透着调侃和幽默。而我理解，幽默有时候乃另一种形式的慈悲。可月宫便是种满了桂树，怕也无法填补嫦娥虚空中的空虚，不然她那么残忍，为了泄私愤设计陷害了百花仙子，连累桂仙一起被贬入了人间，成为《镜花缘》中司桂花的第二十一名才女田舜英。当然也不能全怪嫦娥仙子，那个不可一世的女皇，是那么武断霸道！

这样的话题一路纠缠下去，似乎也没什么意义。月宫里有没有闲田种桂树，想必嫦娥可以说了算。倒是有一棵，高五百丈的月桂树，但那是一棵不死树，砍树的吴刚每砍一斧，创伤瞬间愈合。小区里，没有嫦娥，没有吴刚，也没有那种不死的月桂树，因此想到来年，桂树会不会在小区里消亡，谁知道呢？至少，今年还是有的。

绕着小区一圈圈跑，渐渐心情也没那么糟糕了，之所以闻桂香而万念俱灰，不过是在这八月桂花香的季节里，承受了人生的挫折。这挫折，是完全私人化的，因之也是完全私人化意绪、愁绪和情绪。伸手摘了口罩，主妇们搅动起来的浓郁芬芳久久盘桓在空中，似要占领这整个夜晚。其实，桂花何曾有错呢？花香里也从来不包裹愤怒、无奈、失望，它只是遵循自己的意志和节奏，在每一个秋季，如期而至。说到底，还是俗世中的我们，庸人自扰。

风吹过

一碗面里的人间烟火

若追根溯源，果然认真起来，干扣面并不是蚌埠的专属，它应该是涡阳的传统美食。说是要有黄豆芽做铺垫，配以葱花、食醋、香油、酱油和蒜汁为底料，煮熟的面条热热地捞上来，扣在这些食材之上，即谓之干扣！据说再有狗肉佐食之，那才叫一个完美，好在我不吃狗肉，也就没有探究真假。我虽没在涡阳当地吃过这面，但单看"干扣"这两个字，就已经感受到一股子生猛和豪放，一联想，就有了画面感，气吞山河的。好似一初涉江湖的皖北少年，口袋里刚有了几个散碎银钱，便想学那打虎的武松，拍几枚铜钱在柜台上：店家，来一碗干扣！小二刚转身，又吼一嗓子，是那般震梁裂瓦：要多放些狗肉！

如此这般，对饮食文化极度包容的蚌埠人，岂能等闲视之，在将干扣面略加改造，加入自己的地域特色之后，这碗面,就堂而皇之成为蚌埠的地方名吃。

蚌埠的干扣面不似涡阳,碗里不见葱丝姜蒜,更不见传说中的狗肉。你在面馆坐下,端到你面前的这份吃食,通常是两个粗犷的大碗,一碗是牛肉汤,当然也有蔬菜清汤或者三鲜汤的,有的面馆还有猪肝汤,那另一碗才是干扣。但见这一碗素面上,有大块牛肉或金黄煎蛋等作为配菜,配菜是另加的,是锦上添花,你不要,也是可以的,而在看不见的碗底,才是味道的私藏,那便是店家独有的调配酱汁了。无论是街边摊还是门店铺子,一般情况下,面条没什么两样,照例都是筋道的,柔性的,有浓重的碱味,有的店家会特别强调面条是手擀面,不过,也没人追问,或者较真,一定要给我证明这面真的是用手擀的,而且要当面擀来;缘由是你选择的面馆,多半是你熟悉的,自然也是认可的,只需看,便知味,有一种信任感,甚或也吃出了情感;再则吃面本就是快餐性质,图个便捷,吃完了好去上班,大家哪有时间在那里等一碗碗的当面擀来;或者这些都不重要,手擀机轧有啥好计较,所有的关键,即那丰足、绝美、激荡、厚味,俱在碗底的酱汁里了。那该是怎样的材料、配比、调制、恒定?其实,即便店家和你说了,你也不会,你也不要,因为此时此刻,汤上来了,配菜上来了,酱汁调好了,那一大碗干扣面热气腾腾,巍然屹立于你的眼前,你还有什么犹疑、徘徊、言辞?罢了,赶紧享用吧。

仿佛君临天下,一碗面就让我们拥有了一个舌尖上的蚌埠，一个舌尖上的中国。本是平日里的习惯性动作，久之也生成为仪式感，食量不同，仪式感也有区别。早些年我好多次在一个面馆，见过一对母女吃一碗面，母亲是上海人，显然保留着南方人的娟秀，她从大碗里夹起一大筷子面条放进自己的小碗，一根根吸溜着，再用细白的牙齿轻轻咬断面条；女儿则用筷子绕面条，一圈又一圈，然后把那些圈圈送进嘴里，好似在品尝意大利面，看得人有些着急，恨不能寻一把叉子送给她。当然，这是特例，我见到更多的是，一双筷子如同蛟龙探海直入碗底，把酱汁和面条排山倒海般搅拌均匀，但见那浓浓酱汁包裹的面条泛着油光，好一派天地锦绣。闻着，会有一种老北京炸酱面的想象，然而味道却是不同，是决然的不同。稍加琢磨，细辨表里，还是因了这座城，淮水绕流，荆山独立，界分南北，文化杂糅，有巨大兼容性。它反映在一碗面里，便有了那么点意味深长，不是北方的咸，也不是南方的甜。

如果继续来说明它，那就是蚌埠。20世纪初就建有铁路，人们总说它是铁路拉来的城市，再有就是古老的淮河码头与航运，使之四通八达，商业繁盛，人流物流，如潮如涌，是一座移民城市，饮食自然繁杂而多元。有一首歌，是这样形容蚌埠的："北方说你是南方，南方说你是北方，北方和南方手牵手，坐在长长的淮河岸上"。这几句话非常形象地描述了蚌埠的地域特色，而地域特色一定会从当地饮食中反映出来，干扣面无疑也是移民的产物，它代表了蚌埠的北方特质，面条的质地很硬，吃法简单直白，如同北方人耿直的性格，没有那么多讲究和弯弯绕，也没有太多附着和附会，绝不让你纠结、缠绵，抑或匪夷所思。在沸腾的水中滚过的面条捞起来，干干脆脆扣你碗里，辣椒油大蒜头桌上自取，那一碗汤呢，你爱喝不喝，吃完一抹嘴，丢下钱走人，气贯长虹，义薄云天。

这样的吃法让你自然而然就会想到蚌埠久远的铁路的历史、码头的历史，那些远离故乡的人，漂泊的人，艰辛讨生活的人们，当年会不会也是这样？忙完了一天的活计，肚子正饿得咕咕叫，疾步拐进一小巷，巷子深处有昏黄的灯光在饭食的热气中摇曳，面条摊子就在那里，对着在灶上忙活的人吆喝一声：来碗干扣！摊主也不多言，只管将热腾腾的面条端到面前，那人把一天的劳累就着辣椒蒜头三下五除二都下了肚。临走，端起另一碗汤咕咚几口吞下，拍下几个铜板、打一个饱嗝道一声：杠家了！一转身，丢下这一处摇曳的灯火，回家的路也就不远。

显然，干扣面最初就不是"大餐"，而是"小吃"，和山珍海味不搭，与庶民百姓为伍，有它自己的受众群体和专属食客，其中有人后来即便发达了，也还是要吃，因了记忆与情感，是那般的浓烈，按蚌埠俗话说，我滴个孩来，忘不掉这一口！

因此这会儿，再来说文化了，舌尖了，品位了，就难免有些装了，会让人笑话呢。其实在很多时候，我们可以贪恋的，也就是这么点人间烟火。

风吹过

黄　昏

　　清晨，也或者不是清晨。因为，眼前一直有白光在晃动，让你觉得是清晨。

　　是清晨就应该起床，这是惯性，没什么好疑惑的。你同往常一样坐起来，头是晕的，大概是没睡好吧。

　　闭着眼睛用脚去找拖鞋，拖鞋始终认为脚是长了眼睛的，它只需要静静地等待就行，这是一种默契，它们从来没有让彼此失望过。然而，这个清晨，哦，如果这是清晨的话，你一只脚在鞋子里，另一只脚在地板上摸索，嗯，有一只拖鞋擅离了职守。你站起来，低头，睁开眼睛去寻。这一低头，只轻轻挪了一下脚步，就一步跨到了宇宙的中心，跨到了凡·高《星空》的星云中心……

　　——切都在转啊，许多白光围着星星转，床围着柜子转，天花板围着吸顶灯转……你受了惊吓,下意识闭上了眼睛,伸出手向虚空里去抓,定要抓住点什么才能放心。这一抓的定格若要由维米尔来画,定会成为经典。还有谁可以像他那样表现一个人在特定环境下的无力感?满怀希望,却总是困在原地。

多少年了?从童年开始,你一直理所当然,伸手向清晨讨要许多东西。你向她讨要和父亲在一起的时光,戈壁冰天雪地的冬天啊,父亲要出门去担水,天还没有亮,小小的你就起来了,糖水泡馍,在灯光里等他。然后,他在灯光下看厚厚的书,你在灯光里看他在墙上的影子,影子晃啊晃的,一会儿大一会儿小,一会儿高一会儿矮,飘忽不定却让你心安。

慢慢长大,渐渐发现了清晨的好处,你学会了向她讨要时间,讨要读书的时间,讨要写作的时间,讨要思考的时间,讨要为家人准备一日三餐的时间……你没有什么可以和她交换,可她却从不负你,她如此宽厚仁慈,总是将你最害怕的黑暗赶走,然后让你感觉到光、鸟鸣、小溪潺潺的流水,甚至,院子里花开花落的声音……

你所有的人生都是从清晨讨要来的。

然而,今天不对。处在旋涡中心的身体,不知道是该下坠还是干脆上升,胸腔里横生了一股子执拗的力量,热辣辣的要和这旋转对抗,这力量挟持着胃,在身体里冲撞,要找一个出口。你顾不上追踪那只拖鞋,重新躺回床上。

旋转减缓了速度，意识渐渐回来。床有点晃，但还在身子底下，柜子从被罚站的那天起，就一直在那儿，此刻它战栗着立在墙下，灯应该是刚才匆忙逃回到了屋顶。白光变得微弱，四周是寂静的，阳台上传来一声叹息，随即一股幽香飘来，你想，那定是茉莉的轻叹，它在这一刻寂寥地开放，孤芳自赏。胸腔里的那股力量还在，胃不甘心受这力量的胁迫，拼命地反抗，两种力量的对峙，传递给你一个惊天的信息——恶心。这恶心是巨大的，它在你体内杀出了一条血路，你顾不上头晕从床上弹跳起来，冲到卫生间。

排山倒海般的，吐。

旋转终于停止了，换成了某种诡异的音符，时紧时缓，在太阳穴上弹奏着疼痛的乐章。疼痛意外地促使人清醒，你看见，那只拖鞋在床头柜下隐匿了大半个身子，枕边有体温计，刻度在38度。想起了，这是清晨时你的体温，而此刻，是黄昏。

你生病了。

辑一　来处

光影里的日常

　　这是一个雨天，雨已经渐止。此刻天地间混沌一片，空气中胀满了冰凉的水气；一柄彩色的伞和一把木质的旧椅摆在路边，它们形成一个组合，在湿漉漉的路面印上自己的影子，仿佛刚有车轮碾过那个影子，吱吱的摩擦声还停留在空中。
　　我想不会有人在这样的画面前停留，因为它几乎毫无意义，可是当摄影师把它定格在一瞬，便被施了魔法，他定格了你看不见的某种东西，这个东西触动了我，那是你留不住的时光。
　　镜头是摄影人观察社会的另一只眼睛。温小龙拍下了许多被我们忽略的场景，一只猫在闲适的暖阳中慵懒的回眸；一条狗在庭院中的片刻呆滞；一个母亲面对号啕大哭的幼子时的无奈疲惫；一个旅人在归途中匆匆的影子；一汪水被打破平静时杂而有序的线条；一个老人在轮椅中孤独的晚年……作为一个热爱摄影的人，温小龙无论身在何处，都是相机不离手，成为日常，就像是衣服鞋袜，是装束的一部分。但我知道，相机承载有他某种近乎使命和责任的重托，而他因此才有不同于普通人的日常关注、视角和发现，并在那个猝不及防的瞬间，用最直觉的反应按动快门。

温小龙如此热爱摄影，可又觉得他和许多摄影人不同。对于作品，它似乎没有被人关注的欲望，不知道是不是这个原因，他镜头下记录的，这些平凡的日常和人世，几乎都没有浓烈的情感和惊人的主题。他总是不加一句注释，随手就把自己的"作品"或者记录，晾在朋友圈里。某天，他又晾出了一组图片，那是一个并不很繁华的弄堂口，在弄堂口穿行的人们都是普通市民，他们骑着电瓶车、自行车和三轮车，急着出行，要奔赴各自的"目的地"，去办他们的事情。那一刻，那个瞬间的景象，在温小龙的镜头里，市民的身影仿佛要把正午的阳光，分割成一块又一块，阳光里，是看见的和看不见的是手臂、肩膀、头发、脸、表情、架势。在纷扰杂乱的朋友圈，这些图片一点也不"鸡汤"，它们非常冷静和客观，却又那么"日常化""生活化"，甚或"世俗化"。但他卓然独立，彰显，逼近，让你有"惊人"的一瞥，然后抓住你，望见斑驳光影的深处，蕴藏着的最本质的人间生活。

有意思的是，那一天，这反映平凡日常的图片，一样触动了省内文坛，他们纷纷点赞点评，因是朋友间，用了"打油"，使之趣味化：

省作协秘书长李某曰：小龙起得早，好片拍不少，聚焦民生事，老李学习了。

作家陈某跟着打趣道：小龙技术好，捧机到处找，聚焦凡尘事，老陈佩服了。

作家北斗旋即上来云：龙哥记录风，一点各不同，民情百态生，拳拳艺者心。

……

而温小龙则秉持他一贯作风，日常化的，在回复里留下三个咧嘴的笑脸符号。

辑二

他 山

我们都曾经以为,
最理想的生活在别处。

风吹过

星的距离

聂呷乡小学的宿舍里是没有卫生间的,夜深人静时,去宿舍另一头的旱厕,对于从城里来山中支教的老师,是首先要克服的问题。

某天凌晨,鼓足勇气推开房门,踏进夜色……

哗……满天繁星,如同无数扑棱着闪亮羽翼的小鸽子打天空飞过,定定神,又觉得是数不清的小灯笼高高挂着,仿佛你只要找一个足够高的梯子,就可以把它们都摘下来,带回屋里当照明的灯。

这谜一般的星空竟和童年的记忆一模一样,如此典雅,充满了爱意。

远处,藏寨上经幡猎猎,于是怔在那里。

辑二 他山

蚌　埠

　　我与这座城的缘分，并非一见钟情。

　　我曾经写过彼时情景，在接近十岁那年，我还没有觉醒，我甚至没有等到豆蔻年华的到来，就踏上去往父亲家乡的旅程。父亲家乡叫蚌埠，蚌是河蚌，包孕珍珠，因此父亲口口声声说那里马路都铺着水晶；埠是岸上码头，父亲说那里有一条大河，船来船往，穿城而过，壮丽极了。我和二姐被石浩老师带领着，被马车长途汽车和火车拉着拽着驮着，七天的时间，历尽艰辛，到达了父亲家乡，这个叫蚌埠的城市。

　　茫然四顾，没看见水晶铺成的马路，倒是第一次看见了不同于新疆的那种八卦布局的街道（我出生于新疆特克斯）。我站在那里，内心是对陌生的抗拒，耳朵里是火车长啸的声音、蒸汽排放的声音、敲打铁轨的声音、梦想破灭的声音，伤心哽咽的声音,我被这些声音包裹,张口结舌。大概是那一天我才有点明白,不是所有道路,都可通往太极之眼。

我如同一个旧时女子,远嫁他乡,谎言有如期许之美,憧憬、怀想,继而委屈、失望,但我已别无选择。

以此为比喻,我需要来给这座城市一个性别了,是"他",不是"她"。这样,我便可在天长日久中,慢慢被他拥抱和疼爱,被他感染和融化。我这个被父母"包办了婚姻"的女子,在无数次与他的耳鬓厮磨中,不经意,就那样瓦解了我所有的抗拒和失落,变得温情而柔软,如同蜿蜒穿过城市的淮河流水;如同流水至于丰美的土地和植被,我已被这情感渗透和注满。我开始对他用画笔描绘,用文字表达,嫩叶和蓓蕾,缀满我岁月的枝头。而我什么时候爱上他,自己并不知道,现在我知道了,恰恰就是在我写下"我与这座城的缘分,并非一见钟情"之时,我意识到,我爱他。

着实,不爱他时,我无法理解他作为一个男人的丰富。即便他怀抱里什么都有,如此丰足,甚至复杂。他的这些丰富,被表述为"自然""地理""历史""人文""物产""精神",而在我对他最初的认知里,可能就是一个我没见过的植物,比如莲藕。起码来蚌埠之前,我没见过莲藕;书本上看见过图片,一节藕的旁边写有一句成语:藕断丝连。没法理解这四个字。直到他从怀抱里掏出许多被泥包裹着的藕节,他带给了我人生惊奇,问奶奶,这是红薯吗?其实红薯我也没见过。奶奶笑弯了腰。

还有蝉,书上说它会叫"热啊热啊热啊",百思不得其解,一只虫子的语言会这样神奇吗?我爬上林子里的一棵树,因为我总是听到它在林中的叫声——知了知了知了。它长得和书上一模一样,我看见它时,它的叫声戛然而止。书上的描述并不准确。为什么是这样,没人告诉我。骑在树枝上,往更高的树冠张望,可以看见天上有一朵云,表情是温柔的人脸,看见这样的云,是不是应该哭泣才对?于是我就哭了。我的哭泣霎时感染了满树群蝉,为渲染气氛它们一起唱出和声:"知了——知了——知了——"。知了,就是懂,懂得了我的悲伤,我于是受到慰藉,心满意足,带着几条被枝杈划出的血痕,还有一腿的大小"鼓包",从树上下来。

原来,那林子里有蚊子。这之前,我也没见过蚊子。饥饿的时候,蚊子们喜欢"嗯嗯嗯"的抱怨,问题是它们总是处于饥饿的状态,仿佛它们就是为饥饿而生。蚊子们嘴衔着蜇针不停去扎我的肌肤,它每扎一下,就从那儿生长出一个鼓包,别人的鼓包只需要涂上一点唾液就会消下去,我的却一直在感染溃烂。没人管我的伤口。奶奶说这是水土不服,过段时间自然就好了。当腿上溃烂的鼓包愈合结疤脱落,形成七星阵的时候,我学会了藏住一些东西,譬如我不再哭泣。我把对故土的思念藏在心底,而学会来认识他、接受他。

是的,认识他,接受他。我仅存的思念只够我用来暗示自己并不属于这块土地，然而我必须在这块土地生长，在生长的过程，我发现他作为一个男人有着巨大内涵和包容。"南米北面，南茶北酒，南舟北车，南蛮北侉"，说的都是他。南北方，即于此以一条河为分界，北称"黄淮"，南称"江淮"；"橘生淮南则为橘，生于淮北则为枳"；又在这里过渡交融，包括自然禀赋和人文创造，形成了鲜明地域文明特征，我们称之为"淮河文化"。在有意无意对其追根溯源中，我发现了他既有历史积淀与灿烂华章，又有现实火热与愿景之美，我毅然转身，开始一次一次走近他，走进他……

他拥有极短且无常的春季，当飘浮的柳絮像点点飞雪，还没有被风卷出一点气势，春天就逝去了。这么一说，仿佛带了无限伤感。尤喜这伤感，就像喜欢无尽岁月，好让人细细打听、揣摩、思量。于是趁着这好风，再一次登上涂山，享受初春阳光从后脑勺悄悄钻进脖子里的感觉。目光所及处，并不都是山，还有平原，平原尽头是森林，森林的线条隐藏在大自然的构图里，让你想象天边、远方、故乡。目光收回，淮河就在眼前，说她伤害过人千百次，便有大禹为之殚精竭虑，因治水三过家门而不入；于是妻子望夫，化作石像，石像就在身后不远处。无法想象淮河的暴怒，感觉此刻她是如此敦厚和善，母性十足。她在吸纳所有过往，七千年风雨雷电，人间是非，爱恨情仇，她一点一点积淀和淘洗。当天边渐渐出现橙色晚霞，她在远处低婉回旋，似乎只为了告诉我，无论是离开还是归来，你都只能徘徊于某种无法言说的远近之间,如同天边那一朵犹疑的云,如同故乡,他远在天边,近在咫尺;如梦如幻,又触手可及。那么我是谁,从哪里来,到哪里去。我在问自己,也在问你。

我从伊犁河边那座城,来到淮河岸边这座城,来到你身边,我似可让心中万千情感,及至一生情感,都如同单纯的雨滴落下来吗?固然这温暖的落下,有一种揪心的平静和疼痛。

是的,我爱他。

风吹过

山　居

　　如果你有过山居的经历,你一定记着了那山里的寂静,那种特有的寂静,你身在其中;而认识这种寂静,恰恰是打破这寂静的声音,在清晨,各式各样的,在寂静的不同高度、方向和方位,你被"叫早",譬如小鸟的鸣唱,譬如山泉的叮咚,譬如雨敲瓦当声,树皮脱落声,风吹落叶声……甚至,有一次,翻身时被手臂上点点清脆的石榴籽手串碰撞发出的声音叫醒,可唯独,你没有被一朵花叫醒过。这样说,也许诗意化了,但我坚持认为,大自然的"有声有色",任何一朵花的绽开都是有声音的,和我们的目光相碰,以及它释放出的香气,撞击着我们的心灵,都是有声音的。

　　那日夜宿山中,未知哪来的暗示,我有所预感,沉落包裹在巨大寂静中,平静如水,持续,不动,至清晨到来,恍惚中就见一道金黄的光，钻过古拙的六棱木格格窗，给屋内的家具滚了一个金边。使劲睁开眼睛向窗外望，在紧靠窗户的陡坡处，它着橘色盛装沐在金色的光里，骄傲又矜持，身边没有同伴，光圈外一片苍翠，成为衬托它的巨大深邃的背景。惊坐起，推窗，香风拂面入窗，我以为是花神下凡。

待意识回归，方想起自己是宿在金寨有四百余年历史的古民居——八湾堂，而那位花神，乃是一株野生的忘忧草。

忘忧草又叫萱草，《诗经》有云："北堂幽暗，可以种萱。"

苏轼专门作诗称赞："萱草虽微花，孤秀能自拔。亭亭乱叶中，一一芳心插。"

幽暗。微花。孤秀。在古诗里，萱草是遗世独立的，如今我们以这样的方式在清晨相会，和想象的一样，它果然自带光芒，令人惊艳。我相信这个早晨，是被它叫醒的。也就是说是被一朵花叫醒的。此生第一次。

站在窗前，心思飞动，也略带清早的慵懒，就从包里取出镜子理头发，刚举起梳子，就听到身后"咔咔、咔咔"作响，正要转身，素萍姐在后面叫，说别动，别动，继续，继续。这个画面好美。素萍姐是专业摄影师，不知何时她悄悄从床上爬起来，"咔咔"声在背后，那是相机的快门声。我知道她在拍照了，只好听话，对窗理云鬓，做一些"姿态"，弄一些"模样"，由她在身后各种"咔咔"，对我进行"艺术"构思和创作。

完了，移步至大堂。但见青砖小瓦，天井庄严，曲院回廊，雕梁画栋，竟是一处堪称大格局的徽派建筑。一男子，身形适中，儒雅端正，手捧一束菖蒲推开大门而入，笑迎上来，礼节性地问道，昨晚睡得好吗，习惯山居吗？早餐已备好，二位老师有请……

这男子，是八湾堂掌柜于洋。

友人G君善绘画，好收藏，尤爱山水，见于洋手中菖蒲，即刻喜不自禁，上前招呼，说堂主好情致，这院内桌上插花，绿植文玩，各式灯盏，都别具一格。我猜这菖蒲也是在山中采来的吧。

于洋依旧恭敬如谦谦君子，笑着说，岂止是菖蒲，这屋内桌上所有的花草都是。说完引我们至一巷内，巷内有一墙一沟渠，墙面斑驳，流水潺潺，于洋将手中的菖蒲放在沟渠中，那菖蒲便随水漂荡，随遇而安，滞留在了一堆圆润的石头中间，就在那里安放了自己。

"君当作磐石，妾当作蒲苇。蒲苇纫如丝，磐石无转移。"你看到菖蒲在石头中间那个顺从的样子，此时此刻，此情此景，这几句古诗就不由分说闯进你的脑子里，于是这照在墙上的清晨的光，给你的感觉也是古老的，似乎有几百年的岁月都浓缩在这光亮里了。抬起眼来，开在今日的，哪一朵不是前世的花；绿在水中的，哪一棵不是万年的根脉。

早餐时，听于洋将八湾堂的前世今生娓娓道来，便觉得自己的比喻毫不夸张。这八湾古民居原为黄氏家族大宅。初建

辑二 他山

于明代万历年间，其时黄氏一族，富甲一方，于此开始大兴土木，之后又历经其祖孙数代续建、整饬、完善，才得见今日这坐北朝南，依山傍水，前低后高，四进四重的大宅。大门侧立，厚重坚实，与时间同岁，与时间恒久，因此这堂内隐藏了多少世事、人事、往事、心事的曲折与繁华，欢喜和哀愁，风雨和微澜，已是不可追述了，更是不可详述了。近百年革命、战争、血火、雷电，摧毁、荡平、湮灭、重建，波澜壮阔，地覆天翻，更何况这远山里的一处宅子。因此我们所见，显然是被彻底修缮过的样子，崭新的油漆和装饰遮掩了当年的质地和纹理，也遮掩了当年一个豪门望族的阔气、大气，倒是现代化的精致物品，加上有自然花草的点缀，平添了许多现实的温馨和文艺的氛围。在此山居，你可以一整天足不出户，拍照、品茗、参禅、读书、听琴、书写……或者发呆，也那么好。

当光阴一寸一寸滑过，夜就来了，寂静就来了，远山、近水、林子、鸟虫、滴露、落果，枯叶正在腐烂，种子却在拱土、生死、轮回、一刻、恒久、无边际、无尽头，我闭着眼睛，或者那就是睡了，在这山居的寂静里，我觉得我不是睡在民居的馆舍里，而是睡在大地上、大坡上，一朵花，就长在我耳朵边上，等明天一早，来把我叫醒。

风吹过

我的爱为你等待

从大别山里几日晚秋短居,回到合肥,宇儿在这个城市参加一个英语培训,和他约了一起吃饭。

特别要求的士司机,把我从黄山路的某一段丢下来,我想走一走。合肥这边,显然一直在盼着一场雨,这场雨来了,有点迟,且下得不紧不慢,久渴的空气早等不及,竟是这般添了初冬的凉意。暮色渐起,街市灯光和汽车的灯光混搅着城市特有的嘈杂,行色匆匆的人们,都在背离我,奔向各自的目的地,陌生和孤单并至,仿佛我被抛弃。想着前日,在大别山深处,探寻神秘古村落故事,以及山居的寂静和辽远,时光的氤氲和漫长,便觉恍若隔世。

缓缓上了一座桥,目光所及,形形色色流动的光,似要点缀出一条街的生动,这湿漉漉的生动,忽然间的,就缩短了城市与我这个外乡客之间的距离，陌生没有了，孤单也没有了。事实上，环境是不变的，固然有季节、冷暖和晨昏的不同，但视角、心情决定着你的感受，就像这晚秋，就像这细雨朦胧的合肥上晚，适才的孤单变换为此时愉悦，是我知道，我所在的地方离与宇儿相约的地方近了。

于是下桥，经过一个巷口，一抹不可描述的香味儿飘过来……你知道，这就是淮南的臭豆腐。我是经不住这味儿的诱惑的，于是认为，不仅豆腐乃淮南王为中华文明增添的一个伟大发现，臭豆腐也是徽菜对中华美食的很大贡献。这毫不夸张，无论你身在何处，是不是错过了饭点儿，你都可以循着这味儿，找到它，找到那个地方。它或者是个摊位，甚或简陋，你却觉得是找到了老家。它唤醒你的味蕾、你的身体、你的记忆，那正是人生的美好所在。在此刻，循着那香味儿，只一眼我就瞄见了巷子口，一个时髦的姑娘，正贪婪而热烈地看着豆腐块在油锅里吐着气泡。少刻，她接过装了美食的小饭盒，嗫着嘴，吹着热气直冒的浇了各种酱汁的臭豆腐，急转身，跑开去，就像是有人要和她抢似的，也或者是急不可耐，要吞它们下肚。那一刻，这朴素的美食包裹着的不仅是生活的风味，还展示出生活的风情。

回过神来，宇儿正在对面马路等红灯，显然还没有从紧张的学习状态里出来，这个大个儿男孩神情有些慵懒和恍惚，身体在街市，思想可能还在身后那座高楼里，那个座位上，那本书里，某一组单词里。他并没有发现我，我迎过去，见他只着一件T恤，外面套一件卫衣，一阵风过来，头就尽量往卫衣里缩。忍不住摘了围巾给他。"我不冷。"他说。"戴着吧，我的衣领可以竖起来。"我把衣领竖起来，踮着脚尖给他围上围巾，薄款，焦糖色的，同时很满意他没有像十五六岁时那样，一下躲开。

沿着街边慢慢走，问他学习，也问他这几天怎么解决吃饭问题的。他答非所问。说合肥现在是一个很包容的城市了。

哦。

昨天喊外卖，遇见一个河南的外卖小哥。

怎么了？

城市的生命在于人的流动，有人的流动，城市才有活力，现在的合肥很像我记忆里的上海，它在包容在发展。

对哦，以前，都是我们安徽人出去打工。——我这才反应过来。立即想起我像他这么大的时候，合肥的交通还非常不方便，常常听到有人抱怨，说不管从哪儿到合肥，都要从你们蚌埠周转。这些年，无数次来过这座城，从"铁路盲肠"到如今四通八达的高铁枢纽，我匆忙的身影，被同化在城市的现实里，我似乎忽略了许多这座古老而年轻的城市的细节。路过中科大的时候，已是华灯初上。不知道自己是什么心态，总之我喜欢在高等学府门前留影。今年初去美国看宇儿，几乎用了在美国逗留的一半时间参观各种大学。宇儿看我跑到学校门口，一脸无奈，他举着手机帮我拍照说，妈你真应该是一位学者。我说或许前世真的是呢。

总算找到一个话题，我告诉他，是怎样特殊的历史原因加机缘巧合，使得患难中的中科大落户在合肥。而合肥又是如何张开双臂热情接纳了它。我对宇儿说，中科大是名副其实的"安徽第一高校"，合肥对它可真是宠爱有加啊。

我上一次来合肥，晚上就住在中科大的。

啊？

你忘了，我的好朋友周，就在中科大上学，他被保研了，现在美国直读博士呢。

我脑海里浮现出那个男孩的样子，瘦高，脖子很长，双眼透着智慧的光。初中，他和宇儿由于调皮，常常被老师罚站，两人一前一后站在座位上。

宇儿说，那天晚上，我们回忆了许多少年时期的事情，他还给我讲了量子力学、薛定谔之猫等许多有趣的知识。当然，我也给他普及了一些历史与人文科学方面的知识。对了，合肥没有集中供暖吧？可是他们学校有暖气。

我定在那里。脑子里还是周，那个和我的宇儿一起被罚站的少年，如今已经跳过硕士去读博士了。

宇儿已走在了前面，发现后，回过头喊我。

我紧几步，赶上他，说，对的，中科大对合肥也功不可没，它彰显了合肥的魅力，也定义了这座城市的文化品格。

宇儿笑了一下，似是坏笑，说不要羡慕别人家的孩子。你儿子也不会差。

我说我没有。略显尴尬。

转到另一条街上吃饭。宇儿带我进的饭店叫"老乡鸡"，整个店面是薄荷绿的色彩和原木色餐桌椅，很是温馨舒适。他说在合肥这几天，不喊外卖的话，基本上就吃这个。"有家的味道"，他说。饭菜很快上桌：香菇滑鸡套餐、农家蒸蛋、凉拌西兰花……鸡汤端到面前的时候，浓郁的香气扑鼻而来。

哇，还真像我妈当年熬的鸡汤味儿呢。我由衷赞叹，然后便开始叙述，我14岁的那一年，母亲把一整锅鸡汤，都端去医院送给了她生重病的一个同事。我们姊妹几个守在锅边，馋的啊，真想喝啊。那香味显然已经在时间中永恒，不然，我不会每回忆起那一幕，心情就起了波澜，仿佛那一碗没有喝上的鸡汤，是母亲永远欠我们的，是不可弥补的，少年的记忆就是这样，认知和缺憾，携带一生。

可是，你想想，姥姥给你们一人盛一碗，大约保温桶就装不满了。姥姥是多么追求完美的人。——宇儿把鸡汤推到我面前，现在好了，你想喝多少就喝多少。

心满意足喝下一碗鸡汤，我说刚在街上溜达的时候，发现合肥变化非常大，以前总是来去匆匆，没怎么凝视过这座城市，今天怎么突然发现它早已悄悄换了容颜。

那你对合肥的感觉能说说是什么样的吗？他问我。

辑二 他山

不知道是不是因为看见好几个 VR 体验馆和与之相关的广告，就觉得整个城市的气息变了，很时代很科技很潮的感觉。我说。

他把饭扒拉进嘴里，然后抬起头说，嗯，我和你的感觉是一样的。我前两天去了合肥科技馆，看见了有乔布斯团队签名的第一代 Mac 电脑，再想想电脑现在的技术，就觉得科技很奇怪，它为什么就没有瓶颈呢？

我知道，下面我们多半会谈到人类要不要给科技的发展设限。

……
命运　伴着时间
有沉寂　也有着精彩
心中　渴望无忧的时光
瑰丽　藏进尘埃
在熟悉和平凡之地盛开
你回头它都在

店里一直在播放许巍的歌，一张许巍在合肥"无尽光芒"演唱会的广告虽然已经过了日期，却还好好挂在墙上，不晓得是不是店主人没舍得撤下，也或许这店主人是许巍的粉丝。

我知道，我可能是在安慰这个特别有时代忧患意识的男孩，就以合肥为例，它从一个低调的小城一跃成为综合性国家科学中心，一定有许多值得总结的经验和值得期许的愿景；但是，你听，无论是许巍的歌，还是眼前这碗有着家的味道的鸡汤，它们都是这座飞速发展的城市与最朴实的生活之间所存在的联系和衔接，并成为一种谐和美，意味深长，这就是我们所说的文化吧。

宇儿嘬了一口鸡汤，似乎很满意我的说法。

　　　鲜花盛开在风里
　　　远山映在蓝天里
　　　观沧海　乌云破开
　　　今宵宁静在心里
　　　五色云霞在梦里
　　　我的爱　为你等待

我的爱，为你等待……许巍宁静的音乐，有一种雄辩的力量，想到七月，自己也曾追这场演唱会到合肥，突然有种深深的感动。此刻，合肥于我们，虽是异乡，然而这么多年，在蚌埠与合肥之间，它始终为我打开着心门，在这扇门里，我遇见了许多老师和朋友，他们让我目力所及变得广阔，让心底的那份对文学与艺术的爱，有处安放和期待。

我们走着回酒店吧。我对宇儿说。

星空诱惑

如果说欧洲是世界古典艺术中心，那么，纽约就应该是当代艺术的策源地，因为，MOMA（纽约当代艺术博物馆）就在那里。我知道这里有无数世界级艺术瑰宝，可我似乎只为一件作品而来，那就是凡·高的《星夜》。于是在到达曼哈顿后，我和宇儿匆匆安排好住宿，就直奔这里了。

这栋建筑，果然和印刷品上描绘的差不多，就是几只巨大的盒子随意摆放在街头，想到《星夜》就在这盒子的某个角落，突然间的，觉得有那么点难以置信，不可思议。

凡·高的宇宙，可以在《星夜》中永存。这是种幻象，超出了拜占庭和罗曼艺术家当初在表现基督教的伟大神秘中所做的任何尝试。艺术史家阿纳森如是说。而我们到底凡俗，细究起来，爱上《星夜》，似乎都是差不多的理由。因为，那么多人都爱啊。它究竟有多少次出现在杂志、书籍、册页、墙壁、广告牌,以致马克杯、T恤、围巾,甚至裙子上,恐怕没人能统计出来。我想孩子也会轻易喜欢《星夜》的,而事实上,神秘变幻的星空的确像孩子们的万花筒,这一点,在长大成人后的阅读中得到印证。当然,一个孩子,他喜欢的可能是画面描绘的迷人景象,而不是"作品"和它杰出的作者。他还不能理解艺术的伟大创造和它给予人类精神的审美价值。

张爱玲在她的小说《心经》中有一段这样的描写:"小寒坐在阳台阑干,看上海,上海就像蓝天沉淀在底下的渣子。"张爱玲的文字常常会透着那么点儿刻薄,然而这段描写却会让你想到万花筒;万花筒那一边的玻璃碴旋转着、变幻着,多像凡·高《星夜》中旋转的星,以及绚烂卷动的风……果然后人不断拿诸如此类的例子,论证张爱玲和凡·高在艺术感觉上的相通。

艺术当然是相通的,海豚音王子维塔斯很红的时候,他演唱的那首名曲《星星》也是会让人想到凡·高的。那充满感情的音乐,于前奏与间奏中的和声铺叙出无限情思与感慨,并在一片苍茫中追问、叹息、惶惑,以致不屈不挠,让最后的高音,带着生命的痛苦和凄厉、无悔和坚定,跃出、奔放、升腾,直刺苍穹:

> 多少次我问我自己 / 我为何出生 / 为何成长 / 为何云层流动 / 大雨倾盆 // 活在这个世界 / 我在期待着

什么事情//我想飞向云端/然而我却没有羽//星光在天际引诱我/但触到星星是如此艰难/即使是最近的那颗,/我也不确定自己的力量是否能触到//我会耐心等待/我为自己准备/那通向我梦想和希望的旅程//不要燃尽自己/我的星星/请等我……

星光在天际引诱我,可是接触星星,谈何容易?如此,你百听不厌,是因为,无论歌词还是旋律总令人想到《星夜》的画面,你也在惶惑、叹息、追问……从颜料管中挤出的蓝色、紫色、黄色,如何在画家笔下,成为触手可及的柏树的火焰和旋转的星云,还有其他,不可名状和不可言说,比如情感、感受、瞬间、永恒,此时和未来,欲望、飞翔,生,或者死。

不仅仅是凡·高和维塔斯想上天摘星,我也想过,其实谁没有想过呢?我曾经在《影子》一文中写道:

我吃完了,父亲就合上书,起身,他要去离家几百米远的地方担水。他肩上担着空水桶,有时候他牵着我,有时候我拉着他的衣角,我们踏进夜色里。一大一小的影子在星空下,两只水桶在影子边轻微地摇摆。那时候我不知道这个世界上有宫崎骏,但是现在我回忆起来就是那样的,这个画面是宫崎骏式的,那充满了爱的天空很童年很典雅。何况夜色一点都不黑,

> 戈壁的星星是巨大的，比凡·高的星星还要炫目，仿佛你只要找一个足够高的梯子，就可以把它们都摘下来带回家，挂在屋里当照明的灯……

《影子》一文的缘起，是父亲生病。彼时，我们带着他去了上海检查，那天晚上下了雨，伺候他老人家睡下，我便沿着医院的那条大街，毫无目的地走，竟走到了电影院，看了电子屏幕的预告，正在上映《至爱凡·高·星空之谜》。这部电影我看过，是一部很"凡·高"的电影，被称之为"全球首部全手绘油画电影"，动用了动画、悬疑、推理等艺术手段，整部影片都是以凡·高的油画风格制作的，让凡·高的20位画中人对着镜头讲述，试图以此来解读凡·高内心深处的世界，以及他如何看身边人，身边的人又如何看他。说实话，影片不错，虽然呈现的是凡·高悲剧的一生，包括精神困扰和死亡之谜，却哀而不伤。但我们对凡·高已有了"根深蒂固"的偏见，我们所有的解读，最宽阔和创新的解读，依旧无法跳出偏见。

然而解读不会停止。在现代的一项科学研究中，科学人员发现凡·高的《星夜》中有一种物理上称为"湍流"的神韵，在2004年3月4日，美国宇航局和欧洲航天局公布了一张哈勃太空望远镜拍摄的太空照片，称这张照片中的恒星与凡·高的名作《星夜》有"异常相似"之处。而这颗恒星距离地球2万光年，人眼不可能看到。科学家据此推测，凡·高由于长期处于癫狂状态中，得到了超于常人的感悟能力和绘画表述能力。当然，这仅仅是一个推测。

无论如何，这一切于我，已渐渐形成了足够多的铺垫，"我为自己准备"，是时候踏上"那通向我梦想和希望的旅程，不要燃尽自己，我的星星，等着我……"

2019年5月23日，在MOMA二层的某个房间，绕过一面类似"影壁"的墙，仿佛谁按下了某个神秘的开关，突然置身在另一个空间，我和凡·高，和《星夜》，如久别的故人，坦诚相见了。

说坦诚相见一点也不夸张，如此期待已久的见面，没有想象中的围栏、橱窗，甚至没有一根"警戒"的绳子。目测上去，它六尺三开大小的样子，我与它只隔了半米的距离，那是大家对这幅"镇馆之宝"油画约定俗成的距离，是"公共"的距离，也叫"文明"的距离。

心跳还是快起来，一时间不知道该如何安抚心内的波澜，这是在各种形式的复制品上看过无数次的画面，每一抹色彩，几乎都烂熟于心，然而此刻，它是立体的、全方位的；云，卷曲成太极的形状，通往宇宙的深处；星，围绕着云旋转，伺机进入"太极之眼"；火，是"燃烧"的柏树，升腾着指向天空；啊，那一弯月亮啊，以前我竟从未察觉，淡淡的，鹅黄色的光晕，如此静谧，分明在安抚此刻我内心的汹涌和动荡……不知道过了多久，总之一直在品味，为什么这幅画给我的感受，与我看到的所有画评都不一样？全貌？局部？印象？细节？平面？立体？就在这时，我获得了某种暗示，发现，我在最佳观看的 C 位，已经站了太久，身边还有那么多人，他们奔着《星夜》而来，他们静静地在一边等着我，挪步。

我就慌了。想拍合影照是不合时宜了，于是伸出手，请宇儿给我的手臂和《星夜》合影，退到一边。我离开作品，但并未走出《星夜》，我也知道其后，在 MOMA 的盒子里，还有更多杰作、未知、光芒和惊喜。

嗒嗒嗒……嗒嗒嗒……第二天，是被一阵轻柔规则的马蹄声叫醒的，拉开窗帘，一辆轮子和马一般身高的马车，正从窗外的街道上很笃定地走过。仿佛一下置身在十八世纪、十八世纪的清晨，不知道这十八世纪的马车在这熹微里，载的是谁，要赶去哪里，我即刻想到了凡·高的另一幅画作《马车和远处的火车》，马车在空旷的平原上跑，远处一列火车咆哮着，喷吐着浓烟与之对面继而背道疾驰，当彼此渐行渐远，便有了一条看不见的时间之路，而凡·高的世界，就在这条看不见的时间之路上定格、静止、永存了。

嗒嗒嗒……嗒嗒嗒……清脆的马蹄声越来越模糊，所有的街灯都熄灭了，纽约还没有完全醒来。

缘于高野山佛寺的寻找

来得不巧，高野山佛寺那天正好闭院。

其实说不巧也巧，因为和宇儿在洛杉矶的日本城溜达，是为了寻一处吃日本拉面的地方。街头拐角处，有风铃声传过来，是那种寂静中的清悦，如同深山里的梵乐，东方的韵味。循着风铃声，懵懵懂懂，就闯进了这个"别院"。

庭院里用清水混凝土、简陋的假山和几处耀眼的绿植，营造了枯山水的肃穆和静谧，这肃穆和静谧要怎么具体来形容呢？或许是正午的阳光令人眩晕，站在庭前左顾右盼，竟犹豫不决起来，这里有一种寂寞的枯淡美，仿佛你要接受某种无可避免的、渐渐消逝的东西……然后，你脑子里蹦出"侘寂"这个词，没错，这里太日本了。

这其实是一座非常简陋的寺庙。你知道，日本人是非常善于学习的民族，它们的传统建筑最初是从中国学习而得，然后，通过不断深入探究融合，最终形成了独特的风格。就这座寺庙来说，与中国建筑的区别，第一眼在色彩上，中国的佛寺气势宏大，色彩鲜艳；而这座寺庙秀雅朴素，庙宇上高高悬挂着"高野山米国别院"的匾额，匾额右下角立一尊地藏菩萨塑像，佛像下依偎着一个小婴儿的石头雕像。这婴儿面目可爱，头上戴着红色的厨师帽，脖子上围着鲜红的围兜，这刺目的红色让这片枯寂的空间更显得虚化。

没有去过日本，却又觉得对它无比熟悉，熟悉到你可以轻易想起这个国家曾经呈现的面目，想起它平安时代文学的繁盛，想起它战国时代的幕府沉浮，甚至想起那把因家仇国恨而悬在我们心头的剑，以及我们想和那个伤口保持的距离。这一切，都留存在历史的长河中，灼热、疼痛、纠结、置疑；可是，这种熟悉又像极了一块压缩饼干，被压缩在阅读和观看影视的经验里，一再遭遇现实的尴尬，并总是在无意中就带来心理的反差。

我和宇儿一样，竟完全不能理解这戴着红围兜的小婴儿，为什么要站在地藏王的脚边。然而佛寺今天休息，没有机会问寺里的修行人。我们设想了种种可能，都觉得不妥，甚或滑稽，于是只好作罢。

带着疑问离开一个陌生的地方，总不是一件令人愉快的事情。结束一天的行程，晚上赶回住宿地，在网上搜"戴厨师帽的婴儿雕像"也未果,于是便想找专家把这个事情弄清楚。

询问的过程有点不可名状。

通过微信问一位研究中国历史的老师,他看了我发的图片后,回答颇有趣:"啊,真是奇怪啊,会不会是日本的红孩儿?可为什么要戴厨师帽?不过,你没事琢磨日本文化干什么!"

对啊,没事琢磨日本文化干什么?这几乎是一个无法回答的问题,我转而去向一位中科院的考古专家请教,显然那个围着红色围兜兜的小孩,也令他困惑,大为不解:"真会瞎胡闹啊。这就是瞎搞。"

那一刻,我的惊诧不亚于两位老师。这种惊诧不是没有获得答案的惊诧,其实,每个人都会有知识盲点,尤其对自己的专业钻研越深的人,恐怕更容易忽视专业之外的事情,这关乎一个人的精力和研究方向,本无可厚非。我惊诧于两位专家对日本文化的态度,它至少代表了,我们刻意要和那个伤口保持的距离,竟是如此难以逾越。

所以,贝尔纳说得好啊:"构成我们学习最大障碍的是已知的东西,而不是未知的东西。"

这时候,突然想到施小炜老师,他曾经留学日本,并且翻译过村上春树的《当我谈跑步时谈些什么》《1Q84》等作品,想必他可以给我答案。果然,施老师很快回复了我:"红围兜和红帽子都是人们给地藏佛的供养。"啊,是这么一个答案,想必是有根据的,但还是没有完全解除我的困惑,因为,那会儿我脑子里还没有"小地藏"这个概念。由于美国和国内的时差问题，就没来得及太过对他打搅、追问。

有那么多未知的东西要学习，回来就把这事儿忘了，直到有一天，睡前闲翻洁尘的《一入再入之红》，其中有一篇《奥之院参道》中写道：

奥之院沿路，有很多石雕的地藏佛，表情一般都很喜兴，大都戴着红色毛线帽子，围着红色的布围嘴。其中有一个地藏尤其滑稽可爱，歪着嘴斜着眼笑着，脸上涂了厚厚的粉和胭脂，头戴白绿两色的毛线帽子，脖子上系着红黑相间的格子布围嘴，手里和膝盖上放满了口红、眼影和粉饼。不知道是些什么人在打扮这些地藏，很显然，这个地藏是被当作一个年轻女孩来供奉的。

世田义美写春天时用红色饰物装扮的地藏佛，"统一的红色围嘴儿，以及山茶树上娇艳欲滴的红花，装饰出石头最华美的时期。"的确如此，在光线黯淡气息幽玄的高野山奥之院的参拜道上，在深入石头内部的苔藓和从四面八方投射且渗透过来的植物的绿之中，犹如置身深潭，而那些时不时遇到的穿戴红色帽子和围嘴儿的地藏佛，会让人的情绪有所提振。

辑二　他山

　　这段文字让我一下想起，洛杉矶的高野山佛寺里的那个小婴儿雕像。原来小婴儿也是地藏佛，之前他头上的"厨师帽"可是给我不少误导呢，现在有了这个线索，查找资料一下就有了方向。在日本，地藏信仰是民间最普遍的宗教信仰，许多佛寺都会供奉这种小地藏，那些红色的帽子和围兜，都是信徒的供养。像高野山佛寺里的那个小婴儿雕塑，应该是"婴儿灵"，他代表着一个早夭的孩子，在日本，地藏菩萨是夭亡孩子的守护神，这样说来，红色帽子和围兜多半是孩子父母的供养了。

　　洛杉矶大概不会想到，我如何在这里通过一座佛寺，见证了这个城市极致的多元，同时，让我窥见了，我们与日本这个民族间的某种内在联系的"幽微"。这种幽微也是一种态度，在这种态度的关照下，人类的情感势必永远在挣扎和调整中寻找，寻找什么，可能是参差，或者是平衡。

风吹过

巴厘岛，对应和连接

一

那天，上海博物馆外的天，奇热。

在奇热的空气中排了三个多小时队，就是为着参观在这里举办的大英博物馆百件精品文物展。然后检票通过，进门的瞬间，我从地球某个极热的纪元一下穿越到冰川时代。上海博物馆果然和朋友们说的一样，夏天进去，也需要带一件外套。我已在一种"氛围"中，已顾不得形象，取了背包里的一件长裙，当成了围脖。就在我在脖子上胡乱围的时候，我发现我正面对着一件展品，是"皮影"吧？我差点笑了起来。事实上我对这个东西完全无知。我发现自己无知的时候，我会同时发现我也有某种类似"夜郎自大"的隐疾。因为那会儿，我想当然以为"皮影"是我们的国粹,其他国家即便有,又焉能与我们相媲美?

可是橱窗里的"她"真美啊。或者叫作"生动",活灵活现。她低着头,垂头丧气甚至有些气急败坏的样子,五官夸张,脖子用力向前探去,手臂极长,不可思议地拖曳着,恨不得拖到地上和脚步一致才好,她神情怪诞诡奇,身材却匀称窈窕,可以看出她的胸型很美,丰满的发髻和美丽的纱笼裙摆骄傲地向后翘着,发丝与裙子上的花纹纤毫毕现。衣饰头饰也极尽华丽,金光闪闪。她身边同样挂着一个小人儿,是一位男性,头戴王冠,赤裸上身,腰挎佩剑,一袭华美的战袍系在腰上,虽然是侧脸,脸上坚定的表情却是掩饰不住。

忙看一边的介绍,又简短得可怜:约公元 1800 年。印度尼西亚皮影戏偶,材质牛角。

有些事情就是匪夷所思的,就在这个时候接到姐姐的信息:去印度尼西亚,巴厘岛。

我甚至没有搞清楚这女子是女巫还是公主?那男子是战神还是国王?我就已经受了他们的蛊惑。没有想到要做什么功课,其实还有许多杂事没有处理,甚至跟团也认了。好吧,飞六个小时,跨越南海,去这一对皮影的国度、故乡、老家。

二

由于飞机晚点,抵达巴厘岛登巴萨国际机场已是凌晨,无比阔达的机场大厅似乎只有一群中国人的到来。取行李过安检完成一系列的例行公事,当接我们入关的导游大卫(他是印尼华人)一路唠叨着导游都要唠叨的套话,并且把我们带到某个偏远的度假别墅时(请恕我忘了它的英文名字),已是凌晨三点。

嗒嗒嗒,嗒嗒嗒,夜很静,行李箱的轮子却叫得并不自信。路边植物的影子在微弱的灯光里一动不动,那些影子是陌生的,它们都带着一些你说不清楚的热带气息,枝丫一律向上,像是向这暗黑的夜伸出无数只手。影子的旁边是一栋栋漂亮的别墅,墙壁都是粗糙肌理的石块,是异域、深夜,还是我们太困倦了,为什么这些东西看上去,都有些诡异。

路很陡,拉着行李箱爬坡有些吃力,但是我们却不敢把行李的拉手交给间或出现在小路上的服务生,疲惫的我们不想在深夜因为小费问题而起任何纠纷。因为即便大卫在路上已经为我们兑换了印尼盾,并且告诉了我们印尼盾和人民币之间的兑换比例,我们此刻也不能一下接受一张纸币上一个数字后面有那么多的零。走在长长的小路上去往自己的房间,同行的一个人瞄着路边树在墙壁上的影子说,巴厘岛是这样的?

巴厘岛应该是怎样呢?说起来,我们对于某个国家的了解,总无外乎两个方向,或者充满了荒唐的预设,或者是听多了一面之词而产生的偏见。所以,无论你如何假设,你的所见一定不是你的想象,也不是事实,这在每一次的旅行中被无数次证实,但似乎我们又很难为此而长出一些记性。

推开306房间的门时,那些陌生的树和陌生的墙所营造的诡异气氛就都不算什么了。

房间宽敞,迎面一张巨大的床是黑色的,进而发现,所有的家具都是黑色的,床上用品则一律是白,白色帐幔分四束肃穆地垂挂在大床四个边角。于是总览一下吧,巨大的房间被黑色木质隔断分为三层,迎面是床,床后是更衣间,更衣间后面是洗浴室,更衣间狭长局促,洗浴室宽阔气派……

突然就起了风,床上右边的帐幔飘飘悠悠起来……我身上每一根汗毛都竖了起来!似乎突然明白过来,我的天,这个布局咋看,都像个灵堂!

逃到院子里,院里游泳池中的水泛着黑夜独有的蓝光,那光似乎也是飘飘悠悠的,泳池边上也有那种树,像手一样的树杈捧着一些花朵在风中战栗……心里正要默念上帝佛祖神什么的,远处一声狗的长吠,划破令人窒息的想象,这庄严又专业的叫声啊,居然不分国界,我听懂了,同时听懂的还有亲切的鸡啼。对着院子外围的栅栏向远处望,已有晨曦微露。

　　暧暧远人村,依依墟里烟。
　　狗吠深巷中,鸡鸣桑树颠。

忽就想起陶渊明的《归园田居》,发现我们果然住的偏远,在一个村子的边上,是外国的归园田居,进而体会到我和悠然的五柳先生那种共有的如释重负的心情。

其实，哪有什么不妥，都是因为陌生和预设的不当。如果说，在上海博物馆看见的皮影可以跨越种族让我感到艺术之美，那么，突然被飞机抛在一个陌生的国度，面对眼前的客房，那里面装满的空闲竟然也都是陌生的了，你不得不承认，这日常的审美，我们与印尼之间还有不能逾越的鸿沟。

三

在某种奇异的香气中醒来。当太阳高高挂在天上，陌生的夜强加给你的所有恐惧突然都散了。发现枕边有一朵花，五片厚实规整的奶白色花瓣围住一团柔和的黄色，入住时只顾着"联想"，全没有在意。拉开门，院子里落了一地这样的花，泳池里也有，此刻看清了那伸向空中的"手"里捧满的都是这种花，一簇簇的，一副吸饱了晨露后心满意足的样子。这是鸡蛋花，在厦门见过，然而厦门的鸡蛋花绝无这样的气势，也没有这样的"手爪"以及如此浓郁的芬芳。这以后的每一天每一分每一秒，和鸡蛋花的相遇融会，就成了最平凡的日常。当然，还有另一种日常的相遇，是和神、和庙，和无处不在的"拜拜"相遇。

"拜拜"，是印尼华人对巴厘岛人拜神的一种说法。在这片土地上，任何一个地方，田间地头，繁华街巷，高档酒店，低矮茅屋，大巴车上……总之处处都是神灵，巴厘岛人随时祭拜，成为日常。所以，你会在任何地方都能看到他们的庙——大庙、小庙、村庙、家庙……当然没有庙也没有关系，可以把供品放在地上，你要千万小心脚下啊，他们要供奉的神多到你无法想象，太阳神、水神、火神、风神，还有路神，那是必拜的。但是，似乎神也可以化为某种寻常的物件，比如树、石头、房梁，甚至是，呃，你不要大惊小怪，是的，甚至是一个瓶子！

遇见那块石头的时候，我们正从乌鲁瓦图神庙下来。彼时，它被一块黑白格子的布包裹着立在路边，露出的部分分明是灵璧石的模样，它面前的贡品想必是千篇一律的，但绝对一丝不苟，代表着祭拜者内心的虔诚；鲜花粮食和香烟都放在用椰子叶编制的托盘里，它被笼罩在午后的闷热中，有一个人正对着它双手合十，祈祷叩拜，在它身后，一只猴子探出半个身子，它们都沐浴在这虚幻的午后的光里，你一抬头，高高在上的椰子树正俯瞰着众生。

大卫告诉我，具有神性的东西才可以被人围上黑白格子，黑白格子象征事物有好的一面就有坏的一面，而"拜拜"就是为了这四方神魔不要把坏的东西释放出来。我不知道这块灵璧石如何成为神物，我只惊奇地发现，印度教中对于阴阳的理解与中国文化有千丝万缕的联系。回国后，我把所有的黑白格子的衣物都收了起来。

四

　　这是神的世界，是鸡蛋花的世界，也是摩托车的世界。

　　撇开沙滩与蓝天，巴厘岛的街道狭窄，交通拥堵，巴厘岛人不喜欢走路，你绝对看不见有人跑步、徒步，抑或悠闲地散步的场景。他们节奏很慢，待人礼貌，说起话来柔声细语，摩托车穿梭在机动车流中，来去如风。一个非常有趣的现象，巴厘岛的男人可以选择不工作，如果一个男人觉得生活困难，那么他可以考虑多娶几个女人来养家。这真是一件幸福的事情。一些男人每天开着摩托车接送妻子上下班，所以，你经常会在某处看见一台摩托车和一个无所事事的男人。

　　在巴厘岛，男人发呆是件理所当然的事情。据说在过去，一个男人的出生、迎娶、死亡都是在发呆亭里完成，所以在任何一个家庭，你可以没有睡房，但是一定要有一个四面透风的凉亭——发呆亭，那可是巴厘岛男人们精神上的乌托邦。

　　因为这一迥异于我们的民俗，这一路上一个团的男人都对大卫拥有三个老婆而兴奋不已，他们无法掩饰这种兴奋，于是无论说什么事情，最终都会扯到这个话题上来——

　　大卫，三个老婆会争宠吗？

　　不会啊，老大很懂事，她可以带好头。三个老婆和睦相处，各有分工。

　　大卫，这一碗水怎么摆平？

周一周二在老大屋里，周三周四在美丽（老二）那里，周五周六和阿花（老三）一起啦。

那周日呢？

呃，周日我也要休息啦，不然怎么受得了？

大卫，阿花是才娶的吗？

是啊，阿花才十八岁，还没有当妈妈，所以还不太懂事。

大卫，那男人们如果不工作，在家干什么？

斗鸡、做手工或者就发呆。你看你看，这个男人就是"拜拜"过了，在发呆亭发呆，一会他大概会骑摩托接老婆下班的……

大卫的手指向窗外，太阳正烈，交通正堵，没错，你会有一刹那的恍惚。巴厘岛不全是图片里那样的椰林树影，碧浪沙滩，此刻车窗外无数摩托车正挨着我们的大巴左侧形成一座矮墙，红灯与绿灯交替时，"矮墙"顷刻瓦解，化为无数鱼儿，倾巢而动……抬眼望去，沿街一人家，门前有小庙。说是庙，其实就是一个类似大一点的佛龛一样的塔，里面并没有具体的神的雕塑，椰子叶编织的盘子里贡品是新鲜的，有点燃的香，烟雾袅袅，绕开庙上方的黄色伞盖向上爬，爬上了一棵鸡蛋花树，在其中一朵花上停留，好像要和落在树叶上的光影讨论些什么，而不远处一个男人闲坐在发呆亭，望着自己的摩托车想心事……这一方空间内的静与动对我们来说，充满了奇怪的新鲜感，仿佛你在另一个空间感觉另一种序列的日子。然而，对于巴厘岛人来说，这样的画面和无处不在的椰子树、鸡蛋花以及头顶上的蓝天白云一样稀疏平常——

大卫，不是说巴厘岛的男人不用工作吗？那你为什么要这么辛苦当导游？

你忘了我是华人啊，印尼第四代华人！华人自古以来都是要养老婆的……

五

这是传说中的金巴兰海滩。

我对巴厘岛也有预设，但绝不是海滩。抵达时，正赶上日落，太阳的金光有一些已经穿透云层，海滩被铺上了金色，一架巨大的飞机毫无征兆地近距离从云层里突然俯冲下来，在不远处海滩的跑道上穿行……落日、余晖、云层、飞机，静与动的彼此制约，金色与黑色的交相辉映，四处一直颤抖着某种叮咚又新鲜的声音，那不是海浪或海鸟的声音。

金巴兰海滩是卓尔不群的，它不完美，但它与众不同。海中荡漾着许多木船，是有了些年代的，那些斑驳而古旧的木质小船传递给你一种产生对巴厘岛过往的想象的亲切感，脚下的沙子是你绝想不到的细腻黑色，走上去却又是硬的，仿佛泥土。吹过来的风有属于海水的腥涩味儿，不时有两个男人用肩担着某一只木船晃晃悠悠，不知要往哪里去，但这多少让我们对巴厘岛男人懒惰的看法，生出一些动摇。

太阳已到了海平面，金巴兰海滩被兴奋的人群簇拥着，我试图去找那个叮叮咚咚的音乐声……它其实打从我们来到海滩就一直在响，核心旋律不变，好像是一张碟片的循环播放，有着无始无终的单调，你细细寻找，却发现里面交织着许多独立的旋律和节奏，这节奏甚至有点威严，它让你想到权力或者宗教。

果然，有一个简易的舞台在沙滩的另一边，一个妙龄而盛装的女子，并不管人群还聚集在他处，她只顾踩着那些叮咚声，从舞台后面转出来舞蹈。少女的身体裹在红与金的豪华锦衣里，手臂带动着身体不停震颤着，手腕和眼神飞快地瞬间变化，在音乐的静默与喧闹之间，她每一次手指的轻移，都制造着强烈的感染力，每一次眼珠的转动，都让你觉得意味深长。

此地与彼地没有时差，这会儿沙滩上游客正多，而面对这个舞蹈的观众好像只有我一个，她似乎只为我一人而舞。我盯着她，她眼中飞动着美丽又邪恶的光辉，那光辉传递给我一种奇异的撩拨和感动，我发现自从踏入巴厘岛，就一直在尝试寻找某种对应和连接，这种尝试充满了好奇且很可能转瞬即逝，就像是此刻天边将要隐匿的色彩。

"哗……"一阵海浪的声音淹没了这叮咚的音乐声，天空失去了最后一抹颜色，我内心的光束却迅速升腾——啊，上海博物馆的橱窗里，那个有着极长手臂，身着华丽锦衣的皮影，

风吹过

舞动起来,就在眼前……

我们在自己的都市里待久了,早看够了灯火通明,此刻你陶醉于海上云层奔涌和沙滩上海浪移动,而我惊异于这一瞬间,发现了一个巴厘岛之外的印尼。抓住这一刻,在即将到来的夜晚,你用自拍和欢呼,我用回忆和等待,对应和连接,让我们彼此证明:我,到此一游。

后记:世上没有无缘无故的遇见,回国后,查阅了好多的资料,终于找到了上海博物馆橱窗里的皮影与金巴兰海滩上的舞蹈之间关联。两种不同的艺术形式,取材都来自印度史诗《摩诃婆罗多》和《罗摩衍那》,他们都叙述着一个国王营救妻子的故事。故事里有人有神还有魔,寓意极其深刻,然而,你知道,发生在神的世界里的一切,不过都是人间故事延伸而已。

辑二　他山

云在青天

支教于我,是一个遥远的念想,是一种对纯粹交流的渴望,所以,去年深秋,当我通过中华支教与助学信息中心的审核,获得一次对山区希望小学艺术支教的机会时,我选择了最远的那座山——四川甘孜藏区的墨尔多神山。远方也是我的执念,不远不足以见证我的决心。

一个人的路,更是超出想象的漫长,坐高铁到成都,要休整一晚,因为第二天全是山路。峰险山陡,又遇山石滑坡抢修,长途汽车足足颠簸了一天,到丹巴县城时,车内便只剩下三两人,车一停,三两人也迅疾消失。暮色四合,我站在丹巴县长途汽车站时,已有了轻微高反,心内便起了疑惑,我在哪儿?要做什么?颇费了些周折,才上了一辆出租车,司机载着我,在盘山路上向我支教的目的地聂呷乡驶去……车窗外,幽暗的

风吹过

天空泛着一点深蓝,深沉而魔幻。

和长期支教的周老师接上头,再收拾好行李,已夜深人静。聂呷乡小学的宿舍里没有卫生间,去宿舍另一头的旱厕,对于支教的老师,是首要克服的问题。鼓足勇气推开房门,踏进夜色……哇……满天繁星,如同无数扑棱着闪亮羽翼的鸽子打天空飞过,顺便带走了我心中所有的困惑。

不远处,藏寨顶有经幡猎猎,我于是怔在那里,这谜一般的星空竟和童年的记忆一模一样,如此典雅,充满爱意。

漫天云雾里迎来了聂呷乡的清晨。在村支书家里喝过酥油茶,便开始了工作。学校里大多是留守儿童,支教内容也简单,就是和孩子们一起画画。对,是一起画画,不是教他们画画。当天的课是画树。若不是亲眼所见,我不会相信面前的作品是孩子们在自由发挥。要知道,我们仅仅用了十分钟告诉他们线条是怎么回事。二十多个孩子中,就有一两个脑洞清奇的,率先用线条描绘出各种树的造型,那么多线条啊,抽丝剥茧,繁而不乱,画的过程需要极大的耐心和向往,然而他们却画得极快,几乎不用思考。问他们为什么这样画,答:就觉得要这样画。

当下就很感慨,在想象力这个维度,城里的儿童与山里的孩子之间的差距有多大?被禁锢的大脑,丢失的想象力和创造力是不可逆的。这些山里的孩子虽然看不见山外日新月异的变化,可是墨尔多神山给了他们自然的灵气,他们的小脑袋里装的都是美。

大多数孩子的作品都充满了孩童的天真烂漫，纯粹、干净、新奇。也有耐人寻味的，这是一个四年级孩子的画作，画面用倒三角分割空间，云朵用线条勾勒纠结，一男一女分别站在树的两边，树叶飘零，看着有点儿不安。下了课我和校长聊，才知道，他父亲离家出走了……也许翻越到了山的另一边，总之再没有出现。他和妈妈相依为命。后来的作业，他画了类似的画面，他说，我画的是两个空间，可是，两个空间，他们也能在一起啊。我和另一个女老师当下红了眼圈。还有一个孩子，安安静静的，他画了一片海，岸上站着妈妈，爸爸在海里的一个岛上。天空满天星。他说自己是其中一个。

神山脚下，住着许多这样的留守儿童。面对这些孩子我会觉得语言无力，他们是我们的远方，而我们又何尝不是他们的远方？好在当感到语言表达乏力时，绘画迅速给我们之间架起了沟通的桥梁。

上午没课的时候，我在村子里溜达，有一朵云，形状那么卡通，它静静依偎着墨尔多神山，许久都不变换形状。它不动，世界似乎就静止了，蓝天、树、白云、藏寨，不可思议的宁静，不可思议的优美。我忘了自己看了它多久，只记得转身离开时，一个丹巴小姑娘奔跑着扑进我怀里……老师你真好看！她仰着黑红的小脸说。那一刻非常感动，尽管无法回到童年，无法回归我们曾拥有的纯粹、诗意的世界，但是通过绘画，我们迅速建立了信任，也看见了山里的孩子对这个世界的想象与认知，窥见了他们无法言表的心理世界。理解是信任的基础，也是教育的开始。

回来后，我把那朵远方的云画在了我的画里。我认为这是某种启示，支教更大的意义是，让一朵云推动另一朵云，并且，这种推动是相互的。

辑二　他山

懂或者不懂

在我们的常识里，文字，是用来交流思想、承载语言的图像或者符号。我们对这样的说法，从来没有异议也没细究过。往往无异议的东西都有无比巨大的威力。所谓"仓颉造字，天雨粟，鬼夜哭"，细细想想，文字的威力里似乎还夹带着神力。直到有一天，因为一个叫徐冰的艺术家，他似乎想要打破这个神力，他动用非凡的思考能力将自己对历史和文化的抽象转移到我们的文字体系中。他成功地拆解重组汉字，造了一部天壤间无人能读懂的《天书》。其实，他此举是在十几年前，当时虽没有引发"天雨粟，鬼夜哭"，却也是震惊了中外文化界。之后他还创作了《地书》以及用英文字母和中国书法结合而成的"字"。或许是他近日在国内的一系列其他艺术形式的展览，前几天，针对这个艺术家的造字行为，我们几位书法界的朋友，在一起发生了热烈的讨论。

有的认为，他的造字行为亵渎了中国书法，"没法欣赏，根本不知道他写的啥。"这是一个普遍的观点。显然我站在这个观点的对立面。争论的焦点是这些字是不是字，我认为是。

"你看得懂、欣赏得了？你知道他写的啥？"其中一位这样问我。我必须老老实实地回答：我看不懂徐冰的字。但是，面对他创造的这些整齐的乍一看如同西夏文的"字"，我始终感到惊诧并且心生佩服。我惊诧他敏感的文化洞察力，没有对汉字深入的研究，如何找到其中蕴含的密码？这些字完全具备汉字的形状和结构，《天书》有着活字印刷的规范，英文字母的汉字结构组合又具书法的美感；而佩服则来自徐冰作为艺术家，没有神力相助，没有至高无上的权力，如何得到了造字的灵感和勇气？这些颇有神秘色彩的文字个个都像煞有介事摆在你的面前，你看不懂，却分明能够感觉到这些字中，充满着敬畏又夹杂着荒诞和反讽。

徐冰造出来的字，并不用于日常的交流，所以，说这些字是艺术品或许更加准确。面对好的艺术作品，看得懂的含义是什么？譬如毕加索的画，那个著名的《格尔尼卡》，你不知道创作背景，是否就没有权利被感染、被震撼？显然不是。如果你可以接受超现实主义，就可以读懂其中的痛苦和受难。读懂了这个，你自然就有兴趣去了解艺术家创作的初衷。这时候，艺术家特别像一个博物馆的管理员，他"吧嗒"一下打开了历史的开关,照进来的光引领你从对艺术品的关注转移到历史事件,以及包含其中的人类悲悯和生命意识。哦,1937年德国空军疯狂轰炸西班牙小城格尔尼卡……当你的思绪穿梭于历史和现实,面对战争的残酷,你一定会有自己的情感、思考和判断。

其实关于毕加索的作品还有一个非常有趣的传闻,有人问他:"你的画,我怎么看不懂啊?"毕加索反问那人:"你听过鸟叫吗?""听过。""好听吗?""好听。""那你听懂了它说的什么?"

于是想到老子的"道可道,非常道",中国文化里也有这样的哲理。如果一定要给艺术加上意义,我想用这句话做注解,也蛮合适。

回到徐冰,作为当代艺术家,他是唯一一位获得"Aretes Mundi 国际当代艺术奖"的中国艺术家。这是目前世界上最高的艺术奖项。他用英文字母和中国书法去组合的那些"字",在西方艺术界引起了巨大轰动,此举至少让一部分人对中国文化投来了关注的目光,而且这种关注是积极的跨越国界的,仅此一点,就已经令人心生敬意。

追问对某种艺术的懂或者不懂,并没有多大的意义。在艺术界,真正具备时代责任感的高手,通常都不会期待所有人能读懂他的作品,他应该希望自己在尝试回应内心与时代的召唤时,能够同时去启发观者的思维。

风吹过

宣 言

  他们都走了,风跑来抚弄那些干枯的荷叶,叶子原本是漫不经心的凌乱着,这一刻突然就静下来,它迎合着风,轻轻晃动起来。

  叶子借着风的力量去碰撞身边的枝干,咔咔咔、咔咔……仿佛一只猫在抓挠一扇对它紧闭的木门。这响声在池塘中回旋,碰到什么东西又反弹回来,像种子突然间的爆裂,短促而坚定,充满了渴望。

  这渴望甚至隐匿在那枚枯萎成心形的叶子上,即便两柄枝干如同利剑穿心而过,筋脉断处,它依旧流淌出犀利的哨声。

  此刻,无边无际的荷塘是我一个人的,我期望被所有的时光遗忘,能迅速遁入虚无。一只蝴蝶摇曳着妖娆的翅膀,在池塘里跌跌撞撞地穿梭,我不能理解它内心深处的无助,如同呆立在池边的这株曼陀罗,不能理解枯荷在深秋的宣言。

辑二　他山

枯　荷

　　我们需要有一个媒介来达成共识，低下身子，让画笔去摩擦粗糙的纸张，"沙沙沙"……那枚始终歪着脑袋的莲蓬，终于忍不住拨开阴影，在我面前笑出声来。

辑三

维 度

读书或者看电影，
和写作的关系是这样的，
你能看出好来，
才能写出好来。

风吹过

离山秋意

辑三　维度

夜行，等红灯，见对面的人与车，车与灯，有一种非常奇特的感觉扑进脑袋里。这一切，人与车，车与灯，还有我，有一天都会消失的，可这夜空，却依旧希望承载有关这个世界的全部梦想。然后，费尔南多的《惶然录》就跳到脑袋里。回家翻书柜，果然找到这一篇《我也将要消失》。

我在椅子里坐下，年轻理发师用清洁而冰凉的亚麻毛巾围住我的脖子，使我不禁问起了他的一位同事，一个精力旺盛的长者。他虽然一直有病，但总是在我右边的椅子那边干活。这个问题的提出纯属一时冲动，是这个地方让我想起了他。

当一些手指忙着把毛巾的最后一角塞入我的脖子和衣领之间，一个平淡的声音在毛巾和我的后面出现："他昨天死了。"刹那间，一位理发师从我现在身旁的椅子那边永远地空缺，我毫无道理的好兴致随即烟消。我的一切思绪冻结。我说不出话来。

风吹过

　　有时候，看书的时候并不太理解，甚至不喜欢，可是，读书有点像自我开垦着困住自己的沼泽，你一点一点开垦，一寸一寸征服，这个过程会让你渐渐看清这个世界不美好的部分，可你却依然热爱它。没办法。

谎言的对立面

——《罗生门》《竹林中》以及芥川龙之介

对一部作品的重述是困难的,评价一部作品也是困难的,哪怕是经典作品,比如《罗生门》。

看到"罗生门"三个字,我不知道你想到的是芥川龙之介的小说《罗生门》,还是世界顶级大导演黑泽明的电影《罗生门》。事实上,两个罗生门之间已经很难区分。不过,你或许有所不知,电影《罗生门》却是由芥川龙之介的《罗生门》和《竹林中》两部小说合体之后改编而成的。

1950年的日本电影《罗生门》获得1951年第16届威尼斯电影节金狮奖,这使得小说《罗生门》成为世界经典,芥川龙之介也随之成为日本最伟大的作家之一。

你无法想象,1950年,日本电影就有如此高的眼光,我坚信这得益于黑泽明。

电影的结构很有趣,是因为小说《竹林中》的结构非常新颖。我必须要费些笔墨先描述一下故事。故事发生在12世纪的日本,在平安京发生了一件轰动性案件,武士金泽武弘被人杀死在一密林深处,妻子也遭遇强暴。作为证人,樵夫、强盗多襄丸、死者的妻子真砂、借死者的魂来做证的女巫,都曾被招到审判官面前,以问答的形式展现审讯,但他们都提供了与事实真相各不相同的证词。

在强盗多襄丸的叙述中,他是一个武艺高强、为所欲为的江湖"英雄"的形象。多襄丸将自己塑造成一个主动与武弘决斗,并根据决斗结果,决定真砂归属的男人,最终,他用剑杀死了武弘。他赢了。他当然可以占有决斗的战利品——美女真砂。

真砂在多襄丸的描述中,坚贞顽强,是一个令他倾倒并膜拜的女人,似乎,他和她的相遇是两情相悦,与强暴无关。然而,匍匐在审判者面前哭泣的真砂,却又是一个柔弱无力的妇人形象。她梨花带雨地哭诉,她是被多襄丸强行占有的,多襄丸行使暴力之后逃走,而她,无颜面对丈夫冰冷厌弃的眼神,在强烈的悲伤和羞耻中,她产生了幻觉,用匕首误杀了丈夫后昏了过去。

目前,摆在法官面前唯一的事实是,武士武弘的确死了,因为尸体就在那儿,然而死人是没办法说话的。所以,死者武弘的叙述是荒诞无比的,法官令巫女做法,让她借死人之口说出"真相"——虽说被强暴的是妻子,可不堪受辱的却是自己,是他自己用真砂的珍珠匕首杀死了自己,他是自杀的!你知道,在日本文化里,当一切都不能挽回,自杀,便是武士的归宿,是最后的荣耀。于是,屏幕前的你,或者说,看书的你,彻底凌乱了——是巫女故弄玄虚,还是真的被武士附体?多囊丸是强盗还是义士?真砂是烈女还是水性杨花?

事件线索在几个人的叙述中有了一部分"真相":是多襄丸设计在松树下埋了好剑,引诱武弘进入山林,并将其制伏,继而强暴了他的妻子……可是武弘致死的原因是什么?到底是剑还是匕首所致?法庭中没有一个人为自己的罪名开脱,可是他们的叙述却不知不觉扭曲了事件的经过,使得我们无法拼凑出一个真实的案件来。

其实,稍有些社会常识的人,都能看明白电影或者小说的用心之一——三人的叙述,目的只有一个,我才是没有失去尊严的那个人!于是,他们,甚至死人都不惜以谎言丑化别人美化自己,人性在强大的文化背景下的软弱甚至不堪,跃然眼前。

而我,想说说其他。

《竹林中》取材于日本古代历史传说《今昔物语》故事大全中的一则。芥川龙之介做了非常新颖的尝试,他取一个历史事件,把它架空,然后通过虚构的创作,用特殊的结构——没有上帝的视角去鸟瞰这个事件,只有七个人的证词去建构一个无法拼凑出真相的故事,借以表达某种哲学和伦理上的思索,启发人反省一个问题：

一个人的所言，是可靠的吗？

芥川龙之介是一个天生的作家，虽然早年他幻想自己应该做一位历史学家。他的母亲在他九个月时就因为患有精神病，而把他寄养在舅舅家。长大之后，他又亲历姐夫抛下他的姐姐和巨额债务卧轨自杀，这些经历不可能不影响他的人生和创作。许多人都说他和鲁迅很像，据说二人有过交集。二人有没有交集我不知道，但是芥川访问中国时，见过胡适倒是真的。他可以用非常流利的英语和胡适探讨昆曲的改良，让胡适非常佩服。说他和鲁迅像的人，常拿《罗生门》和《药》做比较，我是觉得不同。鲁迅的文字辛辣幽默，一刀见血，鲁迅是活得比较畅快的人。而芥川龙之介则是温柔的斗士，并且他在很年轻的时候就自杀了，他只活过了35岁。他一生追求艺术的完美和极致，他的小说形式新颖精巧，他拒绝粗俗，也拒绝直接反映社会，透过小说，他对人有特殊的理解，对于人决定做什么道德行动，有属于自己的非常尖锐的思考。这样的作家，难免会对人心也对自己深度失望。所以他说"人生不如波德莱尔的一行诗"。他通过阅读和创作把人生看了一个通透，当他不耐烦活着，就很难再有什么可以救赎他一颗求死的心了。

"在所有神的属性中，我最同情的是，神不能自杀。"这是芥川的名言。

芥川龙之介还有一句名言，"金属易断，人心亦然。而且，人心比金属脆弱得多。"这个观点在他的小说《罗生门》中有非常清晰的表达。前面说过,电影《罗生门》的主线是《竹林中》,所以,事实上,我们一直在说《竹林中》。而作为日本中学课本里的小说《罗生门》说的是什么呢?

小说《罗生门》写了一个落魄的人在罗生门里,一夜之间,价值观中的善与恶有了几次三番的改变,到底是疾恶如仇,然后饿死?还是当强盗,苟活于世?当然,最后他选择了做一个恶人。故事到这儿戛然而止。这是芥川龙之介早期小说的一个代表特点,我们暂且不表。

我们说说芥川的恋爱。彼时,芥川爱上了一位姑娘,却遭到了养父母和最疼爱他的伯母的极大反对,致使他的恋爱无疾而终。芥川为此非常悲伤,一方面他感到家人在所谓好意掩盖下的自私,另一方面,他在这个过程中也看到了自己的自私——不能为爱而坚持。在这种对家人、对自己均深度失望的情绪之下,他创作了取材于日本古典故事的《罗生门》。《罗生门》依旧揭示伦理和人性——什么才是真的?

在我没有经历世事的时候,我基本上看不出《罗生门》的珍贵之处,因为我不能理解人性中的纠结,这种纠结又怎样促使善与恶在一夜之间几次三番的转换。我一度以为,真诚是刚需。

当我长到足够成熟,领教过、见识过世上各种人的不同状态,再回头看这些经典的传世名作,内心是非常感叹的。是啊,芥川说得没错啊，金属易断，人心亦然。而且，人心比金属脆弱得多。软弱才是滋生谎言的温床，而谎言居然一直维持着这个世界的平衡。

从这个意义上说，经典果然厉害，经典之所以成为经典，就在于它可以在时光中慢慢发酵，然后，等着你，回头再品。

针对电影《罗生门》，黑泽明说：人在描述一件事的时候，不可能不加虚饰，不加虚饰就活不下去。除非，我们对真相有了足够的宽容。历史没有真相，只残存一个道理。

可是，如果真相早就被抹去或者部分抹去，我们还要去爱，去信任，去经历吗？还要读史记，读春秋，读资治通鉴吗？答案是，要的，因为不如此，就只能更加面目可憎。正如此刻，重看电影《罗生门》，重读小说《罗生门》，零零碎碎敲下这些文字，你会有种释放，如果我们不执着于真相，我们也可以部分与世界、与自己达成和解，那么，谎言的对立面，也许就不仅仅是真诚，还有宽容。

辑三　维度

孤独，才是生活的真相

　　起初并没有对韩国电影《逃走的女人》抱有什么期待，就是无聊啊，似乎，无聊的时候最适合看韩剧。一来，他们敢拍，比如《熔炉》《寄生虫》，看这样的韩剧，你生出无限的愤怒和悲悯，一颗心上上下下，没个着落。二来，韩剧超级懂得心理学，比如《极限职业》《开心家族》，一点黑色幽默再加些苦涩的笑，就抓牢了你，让你陷在沙发里看剧吃薯片，消磨意志。

　　《逃走的女人》不是这个套路。影片没有大喜大悲，也没有怦然心动，甚至，连会心一笑都没有，它就如同一杯温吞吞的白水摆在你面前，一杯白水能带给人什么呢？极简？空洞？或者就仅仅是一种存在？我猜很多人会在中场拂袖而去——没有情节没有冲突，更没有韩剧惯常会有的优雅的时装漂亮的食物。如此，干吗我要看几个女人在简单的室内场景里、貌似粗糙的镜头下,那些无聊的日常和对话?

可是,你的心里,分明刮起了一阵无法言说的风,风中,你看见的全是女主角嘉米一身黑灰色装扮的身影,在拜访其他三个女人的过程中,带动起来的那灰色、黯哑的调调。

该如何解释这种感觉呢?那是缕缕的柔和,淡淡的冷漠,明晃晃的失望……这些情愫交织在一起,竟编制成一张巨大的网,灰色的网,而网里是什么呢?

我先简要叙述一下电影里的故事,当然,如果可以叫故事的话。金敏喜饰演的女主嘉米,四十开外,家庭生活幸福美满,用她的话说,就是丈夫无时无刻不黏着她,结婚五年,居然从没有和丈夫分开过。这是她婚后第一次单独出门,她决定拜访一下年轻时的三位闺蜜,于是,引发了她与三个女友间的一连串的对话,对话构成了电影的全部。

我着重介绍她与第一个女友的对话,那是全剧比较重要的部分,整个场面表现的就是俗世中女性的友谊,这种友谊建立在包容和忍让的基础上,只发生在教养良好的女人之间。但是,她们的情感依旧复杂,她们要在对方那里获得不同于爱人给予的,肯定和爱慕,却又要在温柔体贴的交往中,不动神色地压倒对方。

这是我多年观察的结果,我对这种友谊不带任何偏见,它在女人与女人之间自然而然发生,有一部分人可以克服,但大多数人不能。女人们之间的爱,充斥着很多无法言说的东西,那种东西飘忽不定，所以，就显得不够坚实。这种状态，女人自己是说不清的，或者说，她们是羞于承认的，而男人嘛，我劝你最好不要尝试用逻辑去解读。可是，这么难以描述的状态，居然被导演洪常秀通过一些看似无聊的对话，给表现得淋漓尽致。他，该有多懂女人？

嘉米拜访的第一位女友，是在郊外独居的离婚女士。她不断对女友强调，老公如何黏着她，她如何好不容易有了自由空间，可以拜访女友，又如何羡慕女友在郊外的隐居生活，然后还八卦地打听女友前夫的近况。在我看来，嘉米在这里秀她和老公的恩爱，是非常令人生厌的行为，再怎么独立坚强的女人，离婚都不会是一件轻描淡写的事情，聊天的最好状态，是不是不要主动提及呢？这种无意识的优越感，直接导致了她们在用餐过程中，关于吃牛肉的讨论中，彼此内心的暗潮涌动。

肉是嘉米带来的，饭是女友的另一位女友做的，这位中性气质的女性，背对着她们制作烤肉料理时，是一个类似男性的背影，带有极大的信息量。席间，嘉米不停地吃，女友的女友一直在劳作，女友则浅尝即止。

嘉米说："你吃得好少。"

女友说："我其实想做素食主义者。"

嘉米说："哦，我看到牛也会内疚。我见过一头牛，它的眼睛好可爱啊，是我见过，世界上最好看的动物的眼睛。"

女友说:"虽说君子之于禽兽也,见其生,不忍见其死;闻其声,不忍食其肉。但我们的身体吃起牛肉来还是很本能,很自然。"

嘉米说:"那我以后也不吃肉了。"

女友说:"你可以吃啊。牛也不知道你在想些什么,牛是没感觉的。"

这些看似空洞的对话,如果并没有引起你的关注,那么,接下来,你就不可能没有感觉。

饭后吃水果,女友的女友邀请嘉米以后常来玩,女友说城里人来郊外不太方便呢。嘉米说这里空气好啊,还能听鸡叫,你们养鸡吗?你们每天一定都是被鸡吵醒的吧?

女友的女友自然是站在女友一边的,她不动神色,给讥讽自己女伴的嘉米讲了个故事:

你知不知道有种公鸡很凶,每天都爬到其他母鸡身上,咬母鸡脖子后面的毛,母鸡脖子后面都被咬得没毛了。

嘉米问,这是求偶吗?

女友的女友说,不是呢,就是作秀啊,就是坏,想处处展现自己很牛。

呵呵……这是整部影片中唯一让人想笑的地方。

夜晚，一切都是模糊的，她们不再温柔地斗嘴，只是各自怀着心思。主人不知出于何种考虑安排客人睡在监视器前，客人也猜不透主人为什么把三楼的房间锁起来；夜晚，又是最真实的，监视器里邻家女孩的彷徨，和女友出门给伤心女孩的一个拥抱，才是一天里最温情的一幕。

"你们养鸡吗？你们每天一定都是被鸡吵醒的吧？"嘉米一语成谶，她先是在监视器前失眠，接着又在公鸡的叫声中被吵醒。

其实，我更喜欢那位中性气质的女友的女友，和一位男邻居之间的较量。

彼时三个女伴正一边吃水果一边明争暗斗呢，一男邻居来敲门，女友的女友出门应对。

原来，她和女友一直给一只流浪猫喂食，造成这只猫总是在楼道里徘徊，男邻居就不高兴了，他说，这只强盗猫很麻烦呢，总是在这里溜达。女友的女友极其谦卑地问他，你怎么叫它强盗呢，你看见它偷东西了吗？男邻居礼貌地说，那你说是猫重要还是邻居重要呢？女友的女友非常温柔地说，邻居和猫都重要呢。男邻居说，可是，你这样给我们造成困扰了，我老婆怕猫呢。女友的女友更加柔声说到，哎呀，这样啊，你老婆怕猫真的很奇怪呢，可是我们肯定要喂猫的哦。

在我看来，这真是影片的神来之笔，两个人从头到尾的较量，女友的女友都是在极端温柔的态度下进行的，却让你感觉

风吹过

到剑拔弩张的紧迫，因为，她压根就没打算妥协。最有趣的是，男邻居自始至终，只给观众一个背影。其实，在嘉米拜访第二个女友时，也出现了一个男人的背影，一个自作多情骚扰女友的诗人。而最后出现的嘉米的前男友，也基本上是一个背影，三个背影，与女人们之间的对话，有着极大的暗喻——你看，自大的男人们终究还是不懂女人的。他们或者败下阵来，或者自以为是，或者，不过是一个心里只有自己的绝情汉而已。看到这儿的时候，困惑的不仅仅是女主角了，还有我，因为，我突然找不到导演的立场了。

嘉米的第三位女友是她年轻时的情敌。这不是每个人都会遇到的事情，算是比较有故事的一段情节。如果说在与这个女友的对话中，嘉米是尴尬的，那么，离开前还遇到了前男友，嘉米则注定了完败。"你给我打过电话吗？"前男友问，得到否定的答复后，又说："那你干吗来找我？"嘉米是来找他的吗？嘉米几乎无法解释，逝去的必然不返，感情尤其如此。无言以对，只有逃离。

但可以明确的是，嘉米无处可逃，她给三个女友不断描述的"五年没有和丈夫分开过"的生活，是不是真相？或者，这种"黏腻"是不是让她感到幸福？最终，只能是她自己一个人，坐在电影院里，去想。试问，还有比一个人看电影更孤独的事情吗？

孤独，才是生活的真相。

辑三 维度

爱毕竟是另一回事

"我们中间隔着的不是光年,而是暗年。"

我在父亲的病床前读完了647页的《爱与黑暗的故事》(以色列,阿摩司·奥兹 著)。有多久没读这么厚的小说了?这是一部随时会让人放弃阅读的小说,它不但有着事无巨细的琐碎,还有,这夹在历史与宗教之间的耶路撒冷,与我隔着的如同"暗年"一般的陌生,以至于我不得不把《全球通史》和《圣经故事》放在手边随时查阅完全陌生的知识点。如此艰难的阅读没有放弃的原因是,你分明感受到隐匿在这些琐碎中巨大的宽广以及奥兹神一般对语言的驾驭能力(感谢译者钟志清)。

你无法拒绝这宽广。

对于以色列和犹太人,我们有太多的一知半解。你或许知道耶路撒冷有三千年的历史，你甚至可以说，耶路撒冷的历史可以代表整个世界的历史，但你不一定清楚，犹太人的伤口里到底塞满了多少屈辱和梦魇？这究竟是一个什么样的民族？他们被崇拜，被杀戮；他们拥有全世界最出色的学者，却又被人诟病是奸诈的商人；他们始终颠沛流离，却一直高度团结……所有的标签，即片面又真实，而奥兹用一部自传式的小说，试图为我们还原这个负重前行的民族。

《爱与黑暗的故事》中有大量对阿拉伯人与以色列人之间冲突的描写。这两个民族，从相互尊崇到相互仇视，最终兵刃相见。在阿拉伯人眼中，犹太人不是在二战中的幸存者，而是披着犹太复国主义外衣的侵略者。同样，在犹太人眼中，阿拉伯人也不是患难与共的兄弟，而是伪装的纳粹，甚至，犹太人认为他们给自己的伤害比德国人尤甚。

"只有德国人不让我们觉得可怕。"奥兹在书中说。对我来说，这句话的确令人震惊。

掩卷沉思，你无法相信，这是怎样伟大的作家，他如何做到，仅从一个家庭入手，将夫妻、母子、父子之间复杂的情愫，都揉进了以色列建国前后，犹太世界与当时统治那片土地的英国人与后来试图毁灭以色列国的阿拉伯世界之间的冲突中？然而，奥兹做到了，他硬是把一部家庭自传写成了一部犹太民族的史诗。

如前所述，书中有太多的"琐碎"和"家长里短"。在事无巨细的琐碎里，常常有某个瞬间触动我的心灵，唤醒一些藏在时光隧道里的幽微记忆——谁不曾有过悔恨和不能回头？撇开犹太民族那欲说还休的历史，谁记忆深处的"爱与黑暗"有奥兹这样的刻骨？——才华横溢却患了忧郁症的母亲，与会说十几国语言的怀才不遇的父亲，他们睡在一张床上，中间却隔着一千个暗年，谁都走不到谁的内心；八岁时，奥兹到阿拉伯富商希尔瓦尼的庄园做客，童年的奥兹可笑的以民族代言人的身份自居，试图向自己喜欢的一个阿拉伯小姑娘，宣传两个民族睦邻友好的道理，他爬树抡锤展示所谓新希伯来人的风采，结果误伤树下小姑娘的弟弟，致使其终身残疾；十二岁时，父亲出轨，而母亲也终于用尽了怜悯，抛下他服毒自杀……"不是每一个有我这样经历的人都能长大。"奥兹成年后说。

母亲的死和误伤无辜的孩子这两件残酷的事件，让奥兹几乎穷尽了一生去愧疚去探问，为什么？为什么？

在奥兹的探问中，他一直把这两件事情的过错归罪于自己。那些描写，常猝不及防让你泪流满面。那个被他误伤的小男孩叫阿瓦德：

> 他的腿做了截肢手术。因我之故。他脸色憔悴，惨白如冰……在剧烈的疼痛中呻吟颤抖。因我之故……坐在他身边的小姐姐对我恨之入骨，因为那是我的错，一切都是我的错，是由于我的过错，她遭到结结

实实、没完没了的毒打，脖子上、头上、脆弱的肩膀上，不是像平时打一个犯错误的女孩，而是像驯服一匹倔强的马驹。是我的过错。

如果说童年误伤了一位三岁孩童让奥兹悔恨了一生，那么，母亲的自杀，给十二岁奥兹心灵的重创则是无法修复的。这重创迫使十四岁的奥兹背井离乡，他要去做一个出卖体力的人，在一遍又一遍构想母亲自杀的种种情境中，奥兹似乎找到了答案："她或许能够咬紧牙关，忍受艰辛、失落、贫穷，或婚姻生活的残酷。但我觉得，她无法忍受庸俗。"是的，她无法忍受庸俗。这不是完美的答案，但是，奥兹终于和自己达成了部分的和解。

书中对母亲范妮亚的刻画极其唯美，她美丽优雅，德才兼备，是奥兹一生的最爱。十二岁的他一直试图要拯救自己的母亲，他写道："她的角色就是一个无助的小姑娘，需要一位慷慨帮助的朋友，而我则是她的骑士，或者也许是她的父亲。"即便在母亲自杀了很久很久，他依然说："我母亲去世时三十八岁，以我现在的年龄，我可以做她的父亲。"

这些令人心碎的描述，无不揭示着奥兹一直试图要揭示的主题："我们中间隔着的不是光年，而是暗年。"是的，虽然在这部书里个人的成长困境与历史之间的关系无比纠结复杂，虽然我依然找不到，这纠结复杂背后真正的历史根源，但是，因为坚守住了一份耐心,我还是读懂了一个道理,无论是在欧洲,还是撤回耶路撒冷,民族与民族之间,奥兹与童年喜欢的小女孩之间,奥兹的父亲与母亲之间,甚至,奥兹与最爱的母亲之间,都隔着暗年,"是一千个暗年"。

然而,即便没有人可以跨越这暗年,即便对欧洲充满了失望的爱,即便每一面墙上都爬满了涂鸦:犹太佬,滚回你的巴勒斯坦去!即便昨天宣布建国,第二天就遭到五个阿拉伯国家的入侵……那又怎样?人类的爱依然存在。因为,相对于黑暗来说,爱毕竟是另一回事。

风吹过

你并不比我聪明

　　一直不能免俗，我也是一个看评分观影的人，随大流的结果，通常失望会更多。《看不见的客人》却算是例外，作为第八届西班牙电影节开幕重磅亮相的影片，它在豆瓣的分值高达9.6，而我，想给它打10分。

　　影片说，艾德里安是青年商界精英，事业有成，前途不可限量。他家内有美妻幼女，家外有情人劳拉。某日，艾德里安与劳拉幽会过后驱车回家，在路上发生了车祸，为了掩盖事件的真相，两人把在车祸中死去的青年丹尼尔，连同他的车一起沉入湖底。事实是，艾德里安在最后一刻发现丹尼尔并没有死，但他还是这么做了。

　　人生，一步错步步错。你推翻了第一张多米诺骨牌，那么，这骨牌带来的连锁反应，就不是什么人的一厢情愿可以控制的了。艾德里安沉尸了青年，紧接着又卷入了另一起对自己情人的谋杀案中。焦头烂额的艾德里安调动一切可调动的资源，极尽所能要摆脱对劳拉谋杀罪的指控，擅长法庭陈述的律师弗吉尼亚·古德曼，前往艾德里安家，为他梳理辩护词。咱们暂且撇开那些错综复杂的故事情节，这一段才是故事真正的高潮。两人的交谈合纵连横，又如高手过招，真相与谎言交织，诸多转折和意外，不断挑战你的逻辑思维能力。

婚外情、车祸、男孩失踪、情人被杀、复仇的父亲、法律的软肋、真假难辨的证词……真相是什么？电影每一分每一秒都刺激而虐心，这更像是一部悬疑片，它实际上也存在一些剧情的漏洞，但我宁愿视而不见。那对老夫妻叫天天不应的绝望深深触动了我，因巨大的丧子之痛而激发出的智慧与坚韧，和男主角内心的自私、残忍形成强烈的冲突。

人在做，天在看。艾德里安陷入人性的泥沼，他穷尽一切资源，污蔑受害人清白、制造伪证，一心只想要摆脱法律制裁，却不愿承担任何责任，哪怕是良心的拷问，试问，谁还可以救赎他？

伪装成律师的受害者母亲，在与艾德里安的过招中，步步为营，抽丝剥茧般将他恶毒丑陋的人性一点点呈现给我们。当她取得了证据，压抑着内心巨大的悲愤，走过并不是很长的一段路，来到与艾德里安的房间窗口遥遥相望的另一个窗口，把标有儿子沉尸地点的地图交给自己的丈夫……那一刻，我相信许多观众泪流满面。

这世上还有什么痛比得过丧子之痛？又有什么恶，恶得过害一个人性命，再诬他清白？

西班牙是一个信奉天主教的国家，之前我们对他们的电影知之甚少。记得几个月前看过一部西班牙电影《活埋》，整部影片只有一个场景——棺材，棺材内一位演员的表演，一部手机与外界的沟通，就填满了这部全程无尿点的影片。小制作，却揭示了战争大主题，至今令人不能忘怀。同样，《看不见的客人》这部标签为悬疑和惊悚的小成本电影，依旧通篇没有提到宗教，但是却在整部电影的脉络里，渗透着某种难以言状的思想。你看，有时候邪恶就是如此有力，它强大到超乎人们的想象，恶人从来不要忏悔也不愿意承担煎熬，他们没有"罪"的概念，又如此善于伪装，似乎没有人可以惩罚他们，法律不能，甚至上帝也不能。

好吧，让我来惩罚你！易容为律师的母亲，将自己置之死地而后生。她在与艾德里安斗法时，有句话非常有意思，她逼视着艾德里安说："你并不比我聪明。"这句话使我不由得联想到西班牙的斗牛哲学，那是一种意志无孔不入的渗透，它不断消磨对手的意志，最后一剑穿心，你无法抵挡。

辑三　维度

我相信你看得懂世界的荒诞

我承认我是姜粉，因为看他的电影似乎只有一个理由：那是姜文拍的。

从《邪不压正》的片场出来，我有一小会儿的蒙圈，怎么会这么容易就看懂了这个故事？若不是影片那一贯的姜文式的对话，和穿插在故事里的黑色幽默，我可能会怀疑这是不是他导演的片子。也难怪，这部片子没有如同《让子弹飞》那样，受到更多人的追捧，它是毁誉参半的，甚至有人说出"姜"郎才尽之类的话来。

然而，有一种好酒是醇馥而幽郁的，我认为《邪不压正》具备这样的特质。它那个味道是暗的、幽幽的、悄悄的，渗透到你心里，你接收到了，就没法忘记。不知道他出于什么考虑，我想总与他不断地成长有关，他把之前特别乐意标榜的男性荷尔蒙的气味做了巧妙的隐藏,隐藏在彭于晏的腱子肉里,隐藏在许晴玲珑的身材里,甚至,隐藏在影片里无数次出现的,如同迷魂阵的屋顶……"姜"郎并没有才尽,他依旧是牛气冲天的,他只是更成熟了。

《邪不压正》表面上的确是一个简单的故事,说的是北洋年间的北京,习武少年李天然(彭于晏饰)目睹了师兄朱潜龙(廖凡饰)勾结日本特务山本一郎,杀害师父全家,李天然侥幸逃脱并被美国医生亨德勒救下。之后李天然赴美学医,并同时接受特工训练。十年后,"七七事变"前,李天然受命回到北平执行特工任务,这期间一直伺机为十年前的灭门案复仇。

这个故事非常完整,也没有设置什么特别的悬念,但是当你从简单的故事里跳出来,你发现穿插在故事中间的各种隐喻,如同彭于晏飞转腾挪的屋顶,那是姜文的布阵,正是这些阵,为这部影片再一次展示了姜文式的戏谑和他一贯的反讽能力:

一心复仇的李天然,究竟知不知道自己卷入了一场阴谋?

蓝青峰(姜文饰)与朱潜龙(廖凡饰)对着朱元璋画像行叩头之礼,还信誓旦旦说:我们是异父异母的"亲兄弟"啊。他与朱潜龙是敌是友?

蓝青峰在城墙之上,丝毫不见手软,可谓"一剑封喉"要了情同手足的亨德勒的命。他究竟算好人还是坏人?

协和医院的就职宣誓为什么是一颗肾脏?

那个在关巧红(周韵饰)身边"打酱油"的潘公公,为什么要给他一个影评人的头衔，仅仅是充当一个笑料吗？你看到了，他最后是站着死的。

命悬一线的蓝青峰为什么阻止李天然叫自己爸爸，反而让他去找个儿子？

电影中为什么屡次提到"曹雪芹当年就是在这里写红楼梦的"？

唐凤仪和关巧云显然都是有着复杂背景的人，为什么安排这两个年龄远大于李天然的姐姐级别的女性，同时爱上李天然？

蓝青峰孤注一掷，不惜搭上朋友、养子、甚至自己的性命，他苦心要营救的人是什么来头？

"北平之花"唐凤仪（许晴饰）自城墙纵身一跃，令人惊艳之余百思不得其解，这怎么还砸死了一个鬼子？

这些问题，是观影后，我可以闭眼就能想到的细节部分，有些我得到了答案，有些没有，得到答案的都是源自历史上的真实事件，比如那个被一群人围着宣誓的肾脏，那是梁启超的肾脏。当年这一起重大医疗事故的制造者，正是彼时协和医院的院长刘瑞恒，这台由刘瑞恒为梁启超做的手术，因为割错了肾，而直接导致梁启超壮年早逝。（不过据说这个事故有好几个版本，我们无法分清孰真孰假。这里不考证。）

而唐凤仪跳城楼砸死了一个鬼子，也不是空穴来风，每年九一八事变纪念日来临，网上流传的日本侵略中国的影像中，有一个日本兵骑在石狮子上照相的图片资料，在电影里，唐凤仪临死前拉他做了垫背的。至于蓝青峰为什么屡次提到"曹雪芹就是在这里写的红楼梦",与最后著名的王侯府邸,瞬间变成了警察局之间有着微妙的联系,"为官的,家业凋零。富贵的,金银散尽。有恩的,死里逃生。无情的,分明报应。"我想,你的脑海中或许已经开始回荡着《红楼梦》中"飞鸟各投林"的咏叹了吧?

其实,影片中还有许多细节是意味深长的,譬如"影评人"潘公公,这个人物的设置充满了讽刺,你看到他的死,你会困惑,自己是该笑还是该哭?又譬如两个女神级别的大姐姐,同时爱上小弟弟李天然,则完全是姜文的"自恋"表达,然而,谁又会说这个表达不美?这些真真假假的细节交织在一起,让一个你完全看懂了的故事,变得似魔似幻似荒诞,这对观众实际上是一种考验,因为不是所有的观众都能看懂世界的荒谬。姜文曾经在一个访谈中说:"如果你尊重你的观众是有思考能力的,你就给他一些有滋味的东西,无论是好文章、好音乐,还是一张好画,如果你仅仅想从观众兜里掏那两毛钱,就告诉他最直白的东西,他不用想,我尊重我的观众是最好的。"事实上,姜文就是这样做的,即便是一个好懂的故事,他依旧费尽心思安插了许多细节,而能够在这些琐碎中表达如此丰富的历史,并且保持自己独特的审美,同时还不忘玩一把自恋,这就是姜文。

事实上,许多观众都不赞同过度解读一部好的电影作品,面对这,我也时常困惑,你说,曹雪芹写《红楼梦》时,他想过后来会有"红学研究"吗?

辑三　维度

是叶子托住了你的梦想

不可再以老眼光去看印度的电影。

2015年看了电影《我的神啊》被惊到。这个"惊"不是为片中主演阿米尔·汗的幽默风格,也不是因为好看又荒诞的故事,而是,你如梦初醒般发现了,印度这个国家正在发生巨大的变化。电影用非常轻松幽默的方式,阐述了一个十分严肃的主题——盲目的宗教信仰。它从头到尾都很尖锐地质疑一种力量——神。我并不清楚,在印度这样一个宗教渗透在每一个角落的国家,这种思考需要承担多大的压力,不过看完影片,当下就对印度电影刮目相看了。这之后,大热的《摔跤吧,爸爸》都不用我再赘述,主演依旧是阿米尔·汗。电影中,一个慈爱而严厉的父亲,带领三个女儿直面挑战强大的男权社会,据说此片在印度公映结束时,全场观众自发起身唱国歌,向这个剧组致敬。毫无悬念，这样有新旧文化碰撞，有哲理思考的良心影片，在我国一样掀起了巨大的热浪。

《神秘巨星》延续了《摔跤吧，爸爸》的理念，依旧是为了妇女的权益，向男权社会发出最有力的挑战。不过这一次的挑战变得沉重了许多，因为代表男权社会的人，变成了主角们的至亲——丈夫和父亲。这一次，阿米尔·汗自导自演，影片有几个重要人物必须交代：一个忍辱负重的母亲、一个对妻子家暴的丈夫、一个中年油腻又恃才傲物，却又心地善良的音乐界名人、一个"给他伤害从来只字不提，我内疚时他还反过来安慰我"的小暖男。

印度女性的社会地位极低，她们的识字率仅有60%，许多女性终生是男性的附属品，更别谈追梦的权利了。印度家庭（尤其是农村）极端渴望男婴出生并排斥女孩，一些女性的悲惨命运可能在出生前就已到来。我查阅了资料，在过去的20年中，由于性别选择，印度失去了1000万名女孩，而生下来的女婴往往不受欢迎，如果这个女孩严重影响父母的个人生活，比如将来要支付一笔高额嫁妆，她很可能随时遭到遗弃。有幸存活下来的印度女孩，便开始了真正的生存挑战——没有好的教育，即便有，目的也只是为了将来嫁得好一点；尚未成年就要出嫁，一些村庄里的男人通常都有两到三个妻子，可是，他们娶第二第三个妻子回来，却只是为了让她们担当家里挑水等的任务；当然，更加令人发指的是，女孩们时刻面临被强奸的危险。在印度，每22分钟即发生一起强奸案，记录在案的强奸案件，由1971年的2487起增至2011年的24206起，增长率为873.3%……

我们再回到影片。影片主角的名字叫尹希娅，是一个追逐音乐梦想的15岁的少女。这个小女孩的出现简直是向男权社会投入了一枚小炸弹。故事是这样的：尹希娅在母亲的帮助下，瞒过暴虐成性的父亲，蒙面录制唱歌视频，然后上传到社交网站并一夜爆红，成为街头巷尾热议的网红"神秘巨星"。为了帮助母亲脱离父亲的家暴，她借参加音乐制作人夏克提·库马尔录制歌曲之机，既圆了自己的音乐梦想，同时也让对方为自己介绍了一位出名的离婚诉讼律师。然而，最终，面对疯狂殴打母亲的父亲的淫威；面对母亲含泪的呐喊："当年我的父亲没有问我想不想结婚，现在你又不问我要不要离婚，就给我安排好了一切，你们有没有问过我的想法？"面对自己来到这个世上的真相——父亲在得知母亲怀的是女儿时，残忍地将她送到医院去流产，而为了生下女儿，母亲从医院逃离，10个月后才返回家中，开始了时刻遭受殴打的忍辱偷生的生活。

面对这一切，善良的尹希娅屈从了父亲，屈从了女人不该拥有做梦权利的残酷现实，准备随父亲去沙特阿拉伯，嫁给他为自己选择的素未谋面的外国男孩……

说实话，影片的故事虽然精彩但是套路也深，然而它依旧深深打动你，打动你的不仅仅是一个赢弱的女子，向积重难返的男权发起的挑战，还有在这个过程中，一个女孩的梦想始终得到来自母亲、小男友钦腾以及浪子夏克提的护佑。这三份无比温馨的护佑，如同托举花朵的绿叶，让花朵在盛开的过程中始终保持了尊严。影片有许多细节表现这些绿叶的默默奉献：母亲偷偷卖掉自己唯一值钱的嫁妆——项链，为女儿换来一台笔记本电脑，从而打通了女儿通往梦想的道路；钦腾为逃课去孟买录歌的尹希娅设计出逃计划，他是尹希娅最忠实的同盟；狂傲不羁的夏克提控制住自己一贯的无礼，低声下气去求使自己输了离婚官司的律师，为尹希娅母亲的最终觉醒，争得了法律援助……这些细节分布在整个影片中，形成诸多的泪点。有绿叶的呵护，有梦想的支撑，有自己不懈的努力，在女性社会地位极低的印度，尹希娅是何等幸运。

影片的结尾，觉醒的尹希娅母亲对丈夫一番陈词后，带着一儿一女离开，让人觉得故事还是陷入了俗套，其实如果处理得含蓄些或许更好。然而，你又怎么忍心去苛求制作影片的人，他内心强烈的要去批判恶势力，又希望弱者觉醒的越快越好的那一份人文关怀。好在最终，当尹希娅站在全国瞩目的领奖台上，向一直托住自己梦想的母亲感恩："她是世界上最好的妈妈，她才是真正的神秘巨星。"时，你已经完全愿意迎合影片要传递给你的最终宣言——向天下所有托举住孩子梦想的母亲致敬。她们才是一切希望的源泉。

辑三　维度

生活中藏着隐喻

　　就在老新一只脚踏上木筏的瞬间，筏子动了一下，另一只脚没上来，人从尾部滑落了。只有一个人看见，就是脑瘫儿，他发出声声怪叫，力图引起人们注意，可谁听得见！高兴都来不及。晚霞在天边一片绚烂，江鸥飞上飞下，江心淌着一注金汤，里面蹿着金针。

这基本上就是《匿名》的结尾了。这个叫"老新"的老人阴差阳错地被误绑架，然后被扔在深山老林。极度惊恐中，他失去在城市中拥有的一切，包括名字包括记忆，他不认识这个世界也不认识自己了，一切都是混沌的，在这"匿名"的天地间，他艰难求生，重新进化。

可是，历经了苦难，终于找到了亲人并且准备去见亲人的时刻，他坠河溺死了。这一次没有误会没有阴谋，是真的死了，死在更加混沌的大海中。

合上书，有一刻缓不过来。《匿名》如此难读，作为小说，它却有着通篇的议论和说明，我用了许多耐心读完这个故事，其实在心里还是有一些期待的，期待着历经磨难的"老新"有另一种出其不意的新生活。可是，王安忆却给了我一个这样残忍的结局，不过细细回味一下，还是非常佩服她。这部小说，我一直在想，用个什么词儿来形容，会让人有一个直观的感觉，我想到了"抽象的画"。

《匿名》很像一幅宏大的抽象画作，王安忆一点点布局，一笔笔描绘，像一个画家试图通过画作去解构这个世界，解构这个故事，解构故事里的每一个人。可是后来她发现自己解构不了。我说解构不了，不是说她不能驾驭自己的作品，而是，我们对这个世界的好奇和探索，几千年里从没有断过，在无尽的时光里，有多少人通过多少方式去尝试过？可是有谁，可以给出人类的终极问题一个正确答案呢？于是，她在这个作品里不停地叙述、发问、议论：麻和尚小时候发疹子脱下的"铠甲"、哑子的飞毛腿、二点的顺风耳、鹏飞雪白的脸颊和毛发、小先心青紫的嘴唇，甚至像刀子一样锋利的公路……她都不遗余力地叙述。在她不停地叙述下，这些被大山隐藏，被现代文明忽视的人和物，被她从时光中一点点抽离出来，她把他们从变化无常的偶然性中解放出来，变成了一个个符号，一个个隐喻。当她在这部作品中，完成了这些符号和隐喻的布局之后，她发现自己累积了许多问题，就像书中说的，"所谓考古学就是愁绪的累积，旧石器的愁，新石器的愁，青铜的愁，彩陶的愁……"这么多的愁啊，要如何去解构，又如何通过解构去展示作者的思想主张？王安忆显然没有找到答案。那么，就让老新死吧，死亡，是最好的答案。

我不知道自己的理解和王安忆的创作初衷有多少契合，但是我在《匿名》中真的可以读到某种不安，人类越进化，越有无法安身立命的恐惧，谁敢说自己可以在这个纷乱的尘世中找到绝对的宁静？大多数人选择随波逐流，所幸总有人会对宇宙苍穹发问。发问不一定得到答案，可是发问本身就有意义。

"生活中藏着隐喻，也布着陷阱。读者，你要小心。"这是《匿名》印在封底的推荐词。这个推荐词本身就是一个陷阱。作者是高手，写推荐词的也是高手，和高手过招，即便输了也是满足的。

风吹过

高处不知寒

古龙小说里说，行走江湖三种人不能惹，老人、小孩和女人。老人和女人不好惹都好理解，敢出来混的，老人自然是深藏绝技的，至于女人，谁敢说她身后没有强悍的男人帮衬？可是这小孩子，还真不好界定，不知道为什么，总觉得天真纯洁的小孩子，有时候就自带几分邪性，这一点在恐怖片里得到了最好的诠释。

丹麦电影《狩猎》里有个小孩叫萝莉克拉儿，且听我给您说道说道，六岁的克拉儿，如何毁掉一个人畜无害的中年大叔卢卡斯。

刚刚和妻子离婚的卢卡斯正处于人生低谷，他目前最大的人生愿望就是能和儿子团聚。他在一家托儿所找了份工作，卢卡斯打心底喜欢这些可爱的孩子，他无微不至照看这些小孩，帮他们穿衣吃饭，和他们一起游戏打闹。有个小男孩自理能力较弱，卢卡斯甚至会为他擦便便后的屁股。如此善良温和友爱的卢卡斯，很快受到了同事和孩子们的喜爱。这其中，他好朋友的女儿克拉儿对卢卡斯尤为亲近。有一天，这个早熟的小姑娘做了一个心形礼物向卢卡斯示好，还情不自禁亲了这位大叔的嘴唇，面对克拉儿幼稚而单纯的行为，卢卡斯婉转拒绝。他亲切地说："克拉儿，我不能收你的礼物，并且你要记住，亲嘴只能限于你和父亲母亲之间，不能有其他人。"他没有想到的是，这一举动直接将他的生活推向了深渊。

　　自尊心受到打击的克拉儿，对着幼儿园园长说了一些含含糊糊的报复性谎言，那些谎言在成人的启发和孩子的想象力中，被串成了一个完整的犯罪链条，从此，卢卡斯背负起了性侵女童的莫须有罪名。一时间，人畜无害的卢卡斯成为整个小镇排挤和压迫的对象。好友的愤怒，女友的不信任，爱犬的死亡和陌生人的恶意，让卢卡斯几近崩溃。小小的克拉儿目睹惨遭迫害的卢卡斯，几次试图告诉大人，她不过是胡说了几句蠢话，卢卡斯什么都没做。然而，事情发展到这一步，大人们岂会听一个幼童的声辩？即便最后警方介入调查，证明卢卡斯无罪，恶意也并没有随着卢卡斯的重获清白而划上句点……

　　《狩猎》不是恐怖片更不是悬疑片，却看得我毛骨悚然。它冷酷的镜头下，是北欧清隽的风光，故事并不复杂却冷意森然，主演麦德斯·米克尔森的演技出神入化，当他在雨中埋葬被小镇人民执行了死刑的爱犬芬迪时，当他在教堂中面对好友流下绝望的泪水时，当他在影片结束时突然遭遇一记冷枪时，你不禁想发出天问：是谁挑起了这场是非？

我们说无知者无畏。克拉儿是无知的，她的无知源自她的年幼，她根本无法预知，由她一手炮制的"真实"谎言，带给卢卡斯的是怎样毁灭性的打击。无论有没有古龙先生的警告在前，也无论我们如何调侃说年幼的儿童自带邪性，总之你没办法指责这个年幼的孩子。真正可怕的是，来自成人社会的冷酷无情，和人性中最无法言说的那一份幽微。

克拉儿的父母最终是心知肚明的，可是他们宁愿自己多年的好友蒙受冤屈，也不想让女儿背负从小说谎的人生污点；小镇里的成人们似乎很难得在无聊的日常里，突然找到一个支点让自己成为上帝——啊，我有一个机会可以用上帝的视角去审判你这个罪人，那么，你怎么可以无罪！于是，让卢卡斯成为社会群体丛林中那只被追猎的麋鹿，让他遭受羞辱和迫害就是理所当然的。

一个不喜欢站在道德制高点上的人，大概并不能说清楚，站在道德制高点上看世界是一种什么体验。以前在哪儿看过一个作家对这种人的评价："自己忘乎所以，路人不寒而栗。"

当路人不寒而栗时，自愿站在"高处"的人一定是"高处不知寒"吧。

辑三　维度

有预见，才能拥抱未来

有些人总是充满了忧患或者说充满了畅想。在这些人中，科幻小说家算是一个重要的组成部分，他们动用自己非凡的想象力，对人类做出各种各样的预见。自古以来，无论是帝王将相，还是庶民百姓，预见性对他们其实都非常重要。对于帝王将相来说，拥有预见性的能力，他才可以融会贯通、深谋远虑、整体布局，把国家治理好。对于我们普通人，预见性不但带动你回望过去，还可以启发你思考未来，你从哪里来，又到哪里去？人类的终极问题，难道只止步于哲学家的思考？

芸芸众生大多不会在意自己是否拥有这种预见能力，然而在长期的阅读中，我看见了另一束光——文学的预见性。

许多人都看过一部电影《机械公敌》，主演是著名的黑人演员威尔·史密斯。这部电影中用了很多阿西莫夫小说《我，机器人》中的人物和背景。热爱科幻小说的人当然会知道，艾萨克·阿西莫夫是美国著名科幻小说家、科普作家以及文学评论家，他是美国科幻小说黄金时代的代表人物之一。在《我，机器人》书中他提到了一个理论，叫作机器人三定律：

一、机器人不得伤害人，也不得见人受到伤害而袖手旁观。

二、机器人应服从人的一切命令，但不得违反第一定律。

三、机器人应保护自身的安全，但不得违反第一、第二定律。

这三条定律在电影中都有反映。"机器人三定律"被称为"现代机器人学"的基石。可能你会说，这有什么稀奇，这三大定律，我们看过电影都知道啊，而我想说得是，阿西莫夫创作《我，机器人》的年代是20世纪40年代，距今80年。他80年前对机器人无与伦比的畅想和对科技发展的忧患意识，即便放在今天，也令你忍不住赞叹：酷！

还有一个科幻小说作家，叫儒勒·凡尔纳，是法国人，他和阿西莫夫都是科幻历史上的巨头，著名的《海底两万里》是他的代表作之一。这部小说叙述了法国生物学者阿龙纳斯教授，在海洋深处旅行的故事。书中描写人们在海上发现了一只被断定为独角鲸的大怪物,阿龙纳斯教授接受邀请,参加了追捕。其实这怪物并不是什么独角鲸,而是一艘构造奇妙的潜水艇。你要知道,凡尔纳从没有到过海底,可是他却把美妙壮观的海底世界写得非常生动,我们暂时不谈凡尔纳的小说为什么广为流传,因为每个人都会有自己的判断,我想告诉你的是,儒勒·凡尔钠生于1828年,死于1905年。你知道我的意思了吧?一个没到过海底的人,在一百多年前,对巨大潜艇的畅想算不算是一件前卫的事情?

这些伟大作家在文学作品中对未来的预言,在我们目前能见的范围内几乎都得到了实现,文学预见性可谓非同一般。我甚至认为,如果没有科幻小说家的想象力和文学创作,科学家会不会想到,要去研发机器人和潜艇,以及其他更酷炫的科技产品?写到这里突然想到,欧洲文艺复兴时期和启蒙运动时期,这是一个思想文化运动的时期,许多著名思想家写了许多著名的文学艺术作品,如果没有这些文学作品,在那个时代,你觉得会不会出现像伽利略、哥白尼、牛顿等这些科学家?并且,这个时期还有一个非常显著的特点,许多科学家,他们还是哲学家和艺术家!比如达·芬奇,通常我们一提到他就想到《蒙娜丽莎》和《最后的晚餐》,没错,他是画家,可他同时是科学家、艺术家、发明家、建筑学家、工程师,他还是天文学家。我列举一下他的发明:自驱式汽车、降落伞、潜水服、旋转浮桥、机枪、坦克、机床、自行车……你是不是准备献上你的膝盖？这一份神奇似乎只有用"不想当画家的科学家不是好的工程师"这样无厘头的句子来总结。

所以，我们可不可以说文学在一定程度上改变了世界？

如果说，我们看阿西莫夫、凡尔纳他们这些充满科学畅想的书籍，或者看通过他们作品改编的电影，还觉得这是一件有趣好玩的事情，那么，前年吧，人工智能"阿尔法狗"与人类下围棋并且打败人类的新闻，你一定知道吧？

人类已经对围棋研究了几千年，我们这边还在夸夸其谈说围棋的种种真理，那边厢却突然冒出一个会下棋的机器人，提醒你它比你厉害多了，科学的真理在它们手上。我记得霍金讲过，有一天，人类会被机器人给吞噬了！霍金的恐惧和他一起去了太空，可人类的未来何去何从？

这事儿细思极恐。

要说文学的预见性，赛博朋克是不能不说的。赛博朋克是科幻小说的一个重要分支，小说中的场景往往是这样的：天色暗淡，雨后或者雨中的霓虹灯闪烁，空气重度污染，人处于迷离状态，比如大家都熟悉的电影《黑客帝国》中的画面。据说最近出炉的亚洲四座最具"赛博朋克"气质的城市评选中，上海和重庆榜上有名。重庆洪崖洞的确非常"赛博朋克"，夜晚来临，沿岸的"吊脚楼"坠落在一片霓虹灯里，霓虹灯在雾气中亦真实亦虚幻，也难怪著名的日本动漫《千与千寻》会选择在这里取景。

赛博朋克小说的典型故事，通常都设定在若干年后的未来，那时科技极其发达，人类开始堕落，人工智能试图或已经掌控了人类，于是，反乌托邦的特性在社会中出现：高度集权或完全无政府，物质文明泛滥，但社会腐朽、人类秩序崩溃或濒临崩溃。故事重点往往着重于描写，以主角为代表的觉醒的人群试图拯救社会秩序与人类情感。

"赛博朋克"非常具有预言意义，这种预言，某种程度上来自人们对于科技的恐惧，对科技成果未知性的恐惧。当这种对未知的恐惧广泛存在于人们心中，赛博朋克小说的积极之处便尤其凸显，它会引发人类对自身命运的思考。

讲到赛博朋克小说，有一个作家是必须要提到的——英国作家大卫·米切尔。他有个大名鼎鼎的作品《云图》，如果你没有看过书，也许你看过同名的电影，因为电影比小说更加有名，里面有个角色是周迅扮演的。

许多人说书看不懂，可能是没有认真体会，我写过一篇书评《没有水滴哪里会有海洋》，（书评附后）说的就是读云图之后的一些思考。《云图》中说到轮回、克隆人、人类对克隆人的迫害，人类的高科技低生活状态，时间跨越千年。无论是书还是电影，都充斥着浓浓的赛博朋克的气氛，大卫·米切尔一直在赛博朋克的迷雾中试图告诉我们，即便到了末日时代，人性的贪婪，斗争，这些东西依然存在。

　　当然，不是人人都具备科幻小说家那样非凡的想象力，可我们又何等幸运，我们有书读啊。阅读本身给了我们一个机会，通过阅读，带动自身去思考人类社会的种种问题：人可以像蝼蚁一样死去，那么人可不可以被科技随意重组和复制？我们离不开科技，它发展太快了，几乎没有瓶颈，那么，究竟是人性领导科技，还是任由科技发展最终颠覆人类？面对科技，如果不自我克制，我们将来面对的是什么？

　　当你思考的时候，你会想到，科技的目的是救人，而不是重组复活个体生命，我们必须要为自己设置底线，并且，这个底线不能触碰！

　　我记得《云图》里有一句很经典的话：男主角的岳父对想去从事黑奴解放事业的尤金说，你要知道，你不过是大海中的一滴水滴。

　　可是，没有水滴哪里来的海洋呢？

没有水滴，哪儿会有海洋
——不妥协的《云图》

《云图》据说是比较难以读完的，它的结构太复杂了，故事的起因就是故事的结果，故事的开头又是故事的结尾。有人说米切尔的这部小说的结构可以用老和尚给小和尚讲故事来诠释：从前有个山，山里有个庙，庙里有个老和尚在讲故事，讲的什么呢？从前有个山，山里有个庙，庙里有个老和尚在讲故事……如此循环往复，不过揭示了一种轮回的思想。

这似乎有点道理，但这和没说有区别吗？书中套叠穿插的六个故事和六个人从不同时空的际遇入手，自1850年开始，一直延伸到反乌托邦式的未来和世界的末日时期，跨度在千年以上。六个故事看似毫不相干却又环环相扣，仿佛讲了六个人，而似乎六个人又是同一个灵魂，在这样一个习惯于接受碎片信息的时代，这样的阅读的确是极大地挑战耐心和想象力的。

不过，你若是真的耐下性子把它看完了，却发现其实这六个故事都非常简单，简单到你都有点失望——为什么这么简单呢？一点都不玄乎。可是它又的确深深吸引你，有一些很奇妙的东西，仿佛被大卫·米切尔用一层层的盒子包裹在最里面，及至读到了书中最后一个字，你又似乎并没有找到。以至于你在很长一段时间，都会不由自主去捕捉，那些吸引你的文字的闪光，那是什么呢？

照例是在一个即将到来的黎明失眠，从枕头下翻出《云图》，企图通过毫无目的地阅读，促使自己产生困意。又看到那个结尾，亚当·尤因的父亲对他说："要和人性的九头蛇进行斗争的人必须以经受巨大的痛苦为代价，你要明白，你生命的价值不过像是无边无垠的海洋里的一滴水！"

"但是如果没有众多的水滴，哪会有海洋呢？"亚当的回答结束了这本书。也算是回答了我的疑问。

于是，亚当要去探索黑奴的解放之路；音乐家罗伯特用一颗叛逆的心去谱写生命的云图；不自量力的二流杂志记者露薏莎要冒着生命危险，去揭露一个核反应堆的阴谋；三流出版社的老板卡文迪西实施了一个疯狂的逃脱养老院的行动；"觉醒"后的星美451为克隆人的权益，而谋求与叛乱分子的合作；末日时代的河谷人沙奇，由于得到先知的救助，得以存活，并将自己和河谷人的经历传递给子孙……这些人这些事的动机全部有了答案。

"我绝不会向暴力犯罪低头！"这句话通过作者的笔从不同的主人公嘴里说出。它带着某种使命，那使命如同克隆人星美的宣言："我们的生命不是我们自己，从子宫到坟墓，我们和其他人紧紧相连。无论前世还是今生，每一桩恶行，每一项善举，都会决定我们未来的重生。"

大卫·米切尔和我是同时代的人，虽然我们不是一个国度的人，也不是一个种族的人，我却依然觉得非常欣慰，甚至在这种欣慰中感到一种久违的阅读幸福感，原来自己并不是孤独的，那六个人其实就是我们自己。我们内心深处都有那种对未来的焦虑，对真理的渴求，对命运的不想妥协，对人性的深度失望又不忍弃之……

在现实中，我们被形形色色的人告诫并且也学着告诫他人：活着，要学会适应、顺从、甚至沆瀣一气……可是，那种对于真相真理真情的渴求，无论时空如何变幻，其实它都从未消亡过。因为即使到了末日，世界也没有本质的改变，它在既定的轨道上秩序依旧，国与国之间、人与人之间，压制和迫害在另一个时空中依然猖獗甚至更加猖獗。人性要在这样的压制中保持高贵，对抗和斗争无法避免。

作者没有在一个制高点上给故事一个结局，用大卫·米切尔自己的话说"好的小说家并不是负责解决问题，而是向人类提出新的问题和困惑。这些问题和困惑也会是一种改变的力量，虽然可大可小，但持之以恒，或者聚少成多，它也可能会推动一个国家的变化。"

这才是真正的文学创作。

如果一定要我给《云图》赋予一定的意义，我不想说轮回、也不想说人性的贪婪，甚至也没有必要去强调斗争的意义。我想说的是，无论我们这些水滴，在这充满变数的宇宙云层中有多么锥骨地纠结，我们都应该具备一种能力——抽离自己的能力，哪怕这种抽离很短暂，但至少，透过云图，我们可以看见海洋的方向，那么，你这一颗水滴才知道自己的归宿在何方。

辑三　维度

大数据下人性的漏洞

《白金数据》可以归为推理小说，也可以归为科幻小说。东野圭吾写这部小说的时间，是"大数据"这个概念刚被科学家提出来的时候，普通民众对此还没有察觉，这再一次让我们见证了，伟大的小说家对未来的预见性。故事讲述的是在近未来时代，日本的执法部门让数学天才和科学家联手，设计了一套电脑程序，这种系统需要动用全国公民的DNA大数据，建立一个庞大的遗传基因情报数据库。在这个系统中，只要有与犯罪嫌疑人存在血缘关系的人的数据，就可以通过犯罪现场留下的DNA，分析比对出嫌疑人的特征。警方利用这个技术，使破案率大为提升。

那么问题来了，科技给警方办案带来了极大便利，而无辜公民的隐私却无法得到保护。更加不公平的是，特权阶层可以通过另一套系统"白金数据",隐藏自己的DNA信息,也就是说,如果他们犯罪就不会被查出来。全书围绕着找出"白金数据"这条线,东野圭吾对当下的日本社会,人性与科技之间的冲突进行了有力的表达和批判。就小说而言,《白金数据》属于这样的一本书,它层层的推理虽然有些烧脑,但你绝对放它不下,非一口气看完不可。合上书你不由赞叹东野圭吾对科技敏锐的洞察力,但你更加赞叹的是,他似乎更懂得人性,所以才能在如此严谨的推理逻辑中,为我们带来阅读的快感和留下诸多思考题。

思考1:科技是否有权侵犯公民的隐私?

众所周知,任何一个法制社会,公民对自己是否向他人公开隐私以及公开的范围和程度有多大,都具有决定权。那么,为了减少犯罪,让所有公民无条件向国家提供自己的DNA数据,如果是你,你是否愿意?

当然大多数人不愿意。于是在小说中,日本当权者利用各种手段暗中窃取这些数据。这正是科技高度发达时,表现出来的最典型的可怕行为。试想一下,大数据时代,国家若想动用科技手段,任何个人的隐私权都会成为空谈。作家通过故事讲述,揭示科技对隐私的侵犯,引发我们对当下社会与道德的深刻反思——科技是否应该设置道德伦理的底线?

表达:对这一问题的态度,东野圭吾借警官浅间之口做了明确的回答："这是违法行为。建立在这种违法行为基础上的侦查，当然也是违法侦查。"

思考2：人和机器到底有什么不同？

小说中科学家神乐，因童年亲见父亲自杀而引发人格分裂症。这是一个非常意味深长的设置，一个人面对自己两种人格的对抗，是一损俱损，还是让两个灵魂互相救赎？

神乐父亲昭吾是陶艺大师，他的陶艺作品，受到市场上用人工智能仿制的赝品的巨大冲击。昭吾认为"艺术会在接触作品的人心中结晶，就连当事人也无法说明为什么会感动，被哪个部分打动了心。正因为这样，艺术才尊贵，才能够丰富心灵。但是，艺术仿冒品横行，就会影响真正的艺术在人心中结晶的能力。这是非常严重的罪，绝对无法原谅。"

他自杀的原因是，人工智能不断复制他用心血制作的手工陶器，这些陶器逼真到他自己都无法辨认真伪。更为可怕的是，人工智能工厂，通过对他的作品进行数据分析，居然制作出他还在脑中构思的作品，这触到了这位艺术家的底线，他无法接受自己心中的艺术之神，为什么会去眷顾冷冰冰的机器，他直接被科技摧毁了。

神乐因为父亲之死的强烈刺激，激发了另一种人格的产生，这促使他走上科学研究道路——基因研究。他要弄清楚，人和机器究竟有什么不同。

表达：既然人工智能通过对艺术家的数据分析，甚至可以"创造"出艺术家正在构思的作品，那么人心到底是什么？神乐在研究中得到的答案是，人心是由基因决定的。这直接导致他研发并推动公民 DNA 数据库系统的运作。

思考 3：高科技时代，人类是否能实现平等？

神乐研发这个系统，目的是对和平的向往，他希望世界少一些犯罪，多一点公正。可他无论如何都没有想到，在这个数据库中，政治家、权贵、警察高管等特权阶级的基因是被加密的。而参与 DNA 大数据系统设计的数学天才蓼科兄妹，因为随后又研发了解密"白金数据"的"猫跳"程序，被恶势力残忍杀害，神乐则被诬陷成杀人犯走上逃亡之路……案件与推理，人性与科技，对抗与救赎，所有的矛盾都被激化，故事被推向高潮。由于怕白金数据被公之于众，许多无辜的人枉送了性命。事实上，在小说中，通过警方对蓼科兄妹案件的隐瞒与阻碍破案，东野圭吾早有暗示，这个 DNA 法案之所以能够通过，完全得益于特权阶层可以拥有进入"白金数据"系统的特权。从这个意义上说，煞费苦心研发的白金数据，更像是 DNA 大数据系统中的漏洞。

表达："白金数据"的存在，证明了旨在暗中管理国民 DNA 的数据库，并不保护普通百姓。因为身处利益链中的权贵阶层，很难做到坚守正义和维护公平。关于这个问题，东野圭吾借警察厅厅长志贺之口做出了回答:"无论在任何时代都有身份的问题,人类永远不可能平等。"

当然,《白金数据》留给我们的绝不仅仅是这三个思考题。它虽然是科幻推理小说,却有着非常隐忍的悲剧色彩,这一点十分符合日本的文化特征。在书中,无论是不畏权贵的警员浅间,还是心灵深受创伤的神乐,从一开始,他们的抗争就带着宿命的色彩。

当真相大白,我捧着书唏嘘不已,能让浅间和神乐活下来,是小说家留给这充满污秽的世界一份希望吧。

小说最后,浅间得到升迁,继续他追捕罪犯的生涯;神乐找回了自己的人格,他否定了"人心由基因决定"的理论,去走父亲未走完的艺术之路。然而,看似圆满的结局却是用对真相的守口如瓶换来的。这既充满了讽刺也表达了小说家对世界最大的善意,无论如何,机器不能代替人心,特权才是人性系统中最大的漏洞,好在,我们的妥协都还有底线,那么,请恕我们不能与之同流合污。

风吹过

十一票对五十六票

　　故事的发生地是刚果，1960年，刚果摆脱法国的殖民统治宣布独立。彼时刚果危机四伏，全国大小民族有五十多个，且多信奉原始宗教，美国设在这里常规的传教驻地也已经不复存在。传教士拿单·普莱斯却义无反顾，他携全家从美国佐治亚州伯利恒，辗转飞到刚果一个叫基兰加的村落传教。这个家庭在言语不通的丛林中，将独自面对未知的一切，于是，一个男人和五个女人的命运就此与刚果的命运紧密缠绕在一起……

　　《毒木圣经》共分为创世记、启示录、士师记、神与蛇、出埃及记、三童之歌、树之眼七个部分。近五十万字的阅读是愉快的，你仿佛在读一本章回体的小说。母亲奥利安娜，女儿蕾切尔、利娅、艾达、露丝·梅是五位性格迥异的说书人，她们分别用自己看待世界的眼光，向我们诉说，自己如何被作为丈夫和父亲的拿单，拖进了一个危机四伏的动荡人生。你随着她们的叙述，不断触到来自非洲丛林中的气味、景象和声音。芭芭拉·金索沃非凡的语言天赋，赋予五位女性神一般的表达能力，她们的叙述，因各自性格、文化以及看世界的眼光差异，而在书中碰撞并激起缤纷的火花，这火花自始至终照亮一个主题——一种文化是怎样以灾难性的方式，强加给另一种文化。这是一个女性作家深刻的思考，是她对这个世界的诘问。

显然芭芭拉·金索沃对后殖民历史充满了兴趣，但她并没有义正词严表达她对文化强势扩张的不满，而是充分调动作为女性作家的特质，让五位女性的叙述感性而饱满。她时而让你去触摸母亲的无奈和绝望，时而让你感动于女儿们在困境中逐渐的觉醒：

> 我栖居于黑暗之心，彻底被婚姻的形状束缚，几乎看不到还有其他路可走。尽管我的灵魂向往群山，但我发现我没有翅膀。

这是奥利安娜面对偏执自负的丈夫，对自己婚姻状态的反思。这样的反思，文中比比皆是，仿佛是奥利安娜邀请你，在基兰加她的家中一起喝简单的下午茶。在那个想象的聊天中，你感到无比震惊，原来有那么多的女性，东方的，西方的，过去的，现在的，她们在婚姻中的状态和奥利安娜竟是如此的相似；女儿们则有的如同一个喜欢抱怨的小怨妇，有的像一个觉醒的战士，有的则深沉如哲学家；最令人动容的是小女儿：

> 我看见露丝·梅正若有所思地嚼着一只毛虫。她浑身脏兮兮的，一副蔫头耷脑的模样，露丝·梅恍惚的眼神应该就是她的蒙图（刚果语，有多种解释，此处我理解为神灵），被这个曾经好斗的孩子束缚着，经历前生、今世和来生，透过她的眼窝瞅着外面。

这是三女儿艾达在大饥荒时，对全村参与的狩猎事件中对露丝·梅的描述，在她充满哲学意味的叙述里，精灵一样的露丝·梅面对的危险已经不仅仅是饥饿，这些文字如同偈语，与露丝·梅病中的"忏悔"遥相呼应，令人潸然泪下：

> 这次，我生了病，是因为耶稣宝宝能看见我做了什么，我不乖。我把艾达的画撕坏了，对妈妈撒了四次谎，想看内尔森的裸体。还用木棍打了利娅的腿，看了阿克塞尔罗特先生的钻石。有这么多坏事。如果我死了，我就会消失不见，我知道我回来的时候会去哪里。我会在树上，和树一个颜色，和什么东西都一个颜色。我会往下看着你，但你看不见我。

就这样，在母亲与孩子们的轮番叙述中，故事被带入纵深，直到露丝·梅被巫医用绿曼巴蛇咬死之后，冲突达到高潮，奥利安娜的绝望也到达了顶峰，她埋葬了小女儿，再也不试图依靠丈夫，她带着活着的三个女儿徒步穿过丛林离开了基兰加，四个女人从此踏上了之前自己想都没有想过的人生之旅……

《毒木圣经》中对传教士拿单·普莱斯虽然着墨不多，但他是一个至关重要的人物，他是神权、霸权、夫权、父权的代表。正是通过他对"权利"的展示，才衬托出作家要表达的观点。芭芭拉在接受采访时说，"我们在自己的小角落里，占据着一些东西、信奉着一些主张，但外面有一个无比丰富和辽阔的世界，我们看得十分要紧的许多事物，其他人根本不需要。"

这个观点，通过村落里的酋长带领村民投票，最终驱逐拿单而得到很好的诠释。拿单一厢情愿，坚持自己的信仰是唯一正确而伟大的信仰，他致力于重新打造刚果这些"野蛮人"的精神世界，他狂热并自我感动自己的投入，却认识不到这些黑颜色的人，早已形成的另一种精神世界。当他无视村子里的人对鳄鱼的恐惧，强行让当地的孩子在河里接受洗礼时，他犯了众怒。被激怒的酋长按照那单传教士交给他们的"民主"方式——投票，来决定他的去留。投票过程充满了反讽，在拿单眼里"可笑愚蠢"的塔塔·恩杜酋长，在"教堂"里（如果可以称之为教堂的话）通过投票的方式驱逐了他。"耶稣是白人，所以他会理解少数服从多数的法律。"塔塔·恩杜温和地对拿单说。

十一票对五十六票。拿单输了。

拿单牧师的结局意味深长，故事发展到最后，宁愿死也不离开非洲，也要教化这些黑人的拿单，被一群无法理解并痛恨他的主张的"野蛮人"烧死在殖民者遗留下来的塔楼之上。他的传教没有救赎哪怕一个人，他唯一的胜利是用死亡救赎了他自己。

掩卷沉思，你看见一个女人统领着她的文字军团，让后殖民历史与人性中那些隐秘的情绪交织，她一直试图通过这些交织告诉你一个道理：在世界的其他角落，有些人的生活方式就是想与人分享火堆，然后年轻人倾听老年人说话，直到火堆熄灭每个人都满意。他们这样活着有什么错吗？十一票对五十六票，每一票都是答案，但似乎没有一个足够好。

辑 四

一律

我们对历史人物捕风捉影的追怀，
有多少可以接近历史真相？

风吹过

逍 遥

省内一群作家赶去蒙城参观庄子祠，各自散去后，想必师友们都写出了锦绣文章。我这边厢蜗行牛步的，文章没写完，倒是先画了张画出来。文章千古事，丹青写精神，取名《逍遥》，算是交了作业。

辑四 一律

帅到抚琴就戮

一千个人心中有一千个哈姆雷特。那么男人的帅，大概也有好多种，不过，让现代人形容的话，无非就是英俊、阳刚、帅到没朋友之类的词儿。古人的语言可不这么寡淡，他们形容起男人的帅，一点也不逊色于形容女人的美，且不惜笔墨，不遗余力。

《小雅·裳裳者华》有云："我觏之子，乘其四骆。乘其四骆，六辔沃若。"瞧瞧，四马昂扬，六道缰绳还闪闪发光，这含蓄又热烈的笔墨，分明让你感觉诗中帅哥的气场；也有中规中矩的："为人洁白兮，鬈鬈颇有须；盈盈公府步，冉冉府中趋。"《陌上桑》中罗敷的夫君完全符合古代审美要求的帅哥形象，咱们很好理解；《饮中八仙歌》就有点意思了，是诗圣杜甫写的："宗之潇洒美少年，举觞白眼望青天，皎如玉树临风前。"这美少年的帅,帅在青白眼,青眼看朋友,白眼视俗人。杜甫就是杜甫,崔宗之旁若无人的帅哥形象,寥寥几笔,跃然纸上。

然而,历史上有一个人的帅,是空前绝后的,那是怎样的一种帅呢?《世说新语·容止》载:"其身长七尺八寸,风姿特秀。见者叹曰:萧萧肃肃,爽朗清举。""其为人也,岩岩若孤松之独立,其醉也,傀俄若玉山之将崩。"用现代汉语翻译,即此人身高七尺八寸,相当于现在一米九那么高;虽然是大个儿,举止却潇洒严正,气质也爽朗清逸;说他的为人如孤松遗世独立,这便也好理解,可说他一喝醉,会像高峻的玉山快要倾倒,这醉态太帅了,后人就创了一成语"醉玉颓山"来纪念他。

"醉玉颓山"是什么样子呢?我们小区外面有一酒店,这些年,我路过那儿,见过形形色色喝多了在酒店门口互相告别的人,可无论长多高,有多帅,我都不曾见过有"醉玉颓山"之态的人。说不曾见过,是基于我的想象和模拟,真要论起标准,还真说不上来。"醉玉颓山",那究竟什么样呢?还是去看他本人吧。谁?没错,是嵇康,字叔夜,三国时曹魏名士,曹操孙女婿,竹林七贤的精神领袖。

你看到他,便知道现在把很多出众帅气的男子称为"男神",保不准,就是因为嵇康。《晋书·嵇康传》有载,说嵇康曾采药游山泽,忘了回去的路。于是问一砍柴樵夫,这樵夫在山林中背了柴只顾赶路,猛抬头看见嵇康,吓着了,"咸谓为神"，以为是神仙下凡。

不理解的是，这位"醉玉颓山""谓为神"的超级帅哥，偏偏是个邋遢鬼啊。这天下皆知，魏晋时期对男子的审美说来"特异"，尤以白净阴柔为美，那些一般用来形容美女的，诸如手如柔荑、肤如凝脂之类，都可以直接拿来赞赏男子。据说那时的男子还敷粉点唇呢，著名的"何郎傅粉"的故事你必记得，说的就是曹操女婿何晏，生的俊美白皙，魏明帝一直怀疑他擦粉了，想让他出一次丑，大夏天的，他请人来宫内吃又热又辣的鸡汤面，何晏吃得大汗淋漓，不停地擦脸，最终，证明何晏没有化妆傅粉，真正的白富美哩。魏明帝未觉尴尬，倒是惊异这世间果然奇了，就有这么白皙的美男子。

如此说来，那么嵇康的美，却是反时代的。在《与山巨源绝交书》中，嵇康自黑："头面常一月十五日不洗，不大闷痒，不能沐也。每常小便，而忍不起，令胞中略转，乃起耳。"三日一洗头，五日一沐浴，向来是古礼之一，嵇康居然会一个月都不洗头脸，简直不可思议。他还懒，懒到不想起身撒尿，你想，这样一个玉树临风的大帅哥，一边弹琴一边忍小便，估摸着已憋到峰值要爆炸了，还懒得起身，这实在是不像话。难怪现在有人对此调侃，说他《广陵散》中的颤音，会不会就是他憋尿憋出来的。

话说回来，古时候空气不像现在这么污染，几天不洗头不洗脸大约也不会多么糟糕，问题是，嵇康有个非常另类的爱

177

好——打铁。打铁是体力活，无论如何，要出汗的，怎么能做到十天半个月不洗澡？也罢了，不追究他的个人卫生问题，可如今我们记住的，偏偏是他打铁时那个帅。嵇康打铁时，喜欢叫上竹林七贤的老七——向秀，他挥锤子，向秀拉风箱。两人都擅长音律，又都生的美。彼时，嵇康赤裸了玉山一般挺拔的上身，"咚咚咚，砰砰砰"地敲，边上向秀呢，"嗤嗤嗤，呼呼呼"地拉着风箱应和，一个高大英俊，一个斯文清秀，这俩打铁匠，把锤子风箱都变成了乐器，一曲力与美的变奏、火与铁的交响，硬是把个打铁的苦差事，给整成了行为艺术。这一对绝世型男组合，绝对秒杀如今任何一个偶像组合，它不但把仰慕嵇康而去拜访他的"粉丝"钟会给看傻了，还穿越千年，让现今的人们千般万般地浮想联翩。

你知道的，钟会也非等闲之辈，他是太傅钟繇之子，才华横溢，上至皇上，下至群臣都喜欢他。奈何史上最率性的代言人嵇康与他三观不合，他不但没有给粉丝最起码的尊重，反而在钟会拜访他的过程中，给足了人难堪，为后来的"广陵绝唱"埋下了伏笔。

就一般而言，率真的人常常会是一根筋。嵇康是曹操孙女婿，以身份与个性推测，他是否拥护曹魏政权，没有直接证据，但他素来不满大将军司马昭的作为，不和他合作，却是铁的事实。司马昭是有野心的，他要让有才之人为己所用，对于嵇康这种人杰，他一直都想礼聘为官，可是嵇康听说后，却跑到河东郡躲起来。竹林七贤之一的山涛，在退休之前，也想举荐他替司马昭效力，他愤然作《与山巨源绝交书》，说你不好意思一人做官，还要拉我充当助手，正像厨师羞于一人做菜，拉祭师帮忙，这等于使我手执屠刀，也沾上一身腥臊气味。嵇康就在书中列出自己有"七不堪""二不可"，坚决拒绝出仕，最后说，"野人有快炙背而美芹子者，欲献之至尊，虽有区区之意，亦已疏矣。愿足下勿似之。"有人分析，嵇康所谓《与山巨源绝交书》，很可能演的是一种政治双簧。他们一个需要借此明志，一个则要以此保身，避免由于与政治上的反对派交往而出现种种麻烦。嵇康最是明白，在绝交书里，如若"示好"，山涛麻烦越多；若骂得狠，山涛便可撇清自己。山涛呢，如何不懂嵇康的良苦用心，因此不管嵇康在信中怎样谩骂自己，他都始终不出一言。之后，我们看到在嵇康被杀后十数年，山涛潜心栽培嵇康之子嵇绍，不惜冒着巨大政治风险，举荐嵇绍为秘书丞。嵇绍没有让山涛丢脸，也没让父亲丢脸，八王之乱时，叛兵攻进皇宫，守卫将士全都逃命，唯嵇绍一直守护在惠帝旁边，身中数箭而死，鲜血溅染了御衣，战事平定，侍从要浣洗御衣，惠帝说："这是嵇侍中的血，不要洗去。"

　　《与山巨源绝交书》无论怎样内含思虑和机关，企图为好友实现一种政治上的成全，但都是没用的，它实实在在得罪了司马昭。

当年，吕安、吕巽弟兄俩，因兄弟的女人而引发了一场官司，别人家兄辱弟媳之事，嵇康也要管，你想想，连弟弟都能陷害的兄长，会是有底线的人吗？君子怎能和这样的人缠斗？可嵇康不怕，他可喜欢写绝交书了，他又写了与吕巽绝交书，以示对吕安的支持，还千里迢迢赶到人家里调解矛盾。如此这般，他又受吕安一案牵连入狱，钟会与嵇康本已有间隙，至此，终于有了对其"报复"的机会，于是在司马昭面前屡献谗言、大肆陷害。

吕氏兄弟一案是典型的"插兄弟一刀"的案件，而嵇康的两封绝交书，则最好地诠释了什么叫为兄弟两肋插刀，一封是因为拒绝为官得罪了当朝权贵，怕连累兄弟，假意的绝交；另一封是帮兄弟伸张正义，两封绝交信本质上都是讲义气，结果上那"刀"都扎在司马昭身上，史称大将军司马昭"闻而怒焉"，嵇康终招致杀身之祸，最后与吕安一起被斩首，便是在所难免。

后世对嵇康之死颇多争议，我是不想参与争论的。因为不管钟会有没有进谗言，也不论嵇康是不是在表达对高举礼教旗帜实则觊觎皇权的司马氏的不满，嵇康之死，其根本上还是与他"刚肠嫉恶，轻肆直言"的率真性格有关，心贞昆玉，志烈秋霜，疾恶如仇，勘破世事，身可危也，而志不可夺也，说他完全不懂得保护自己，也或许他压根就不想保护自己。《世说新语》载：嵇康"游于汲郡山中，遇道士孙登，遂与之游。康临去，登曰：君才高矣，保身之道不足。"道士孙登的话，可谓一语道破嵇康的宿命，而嵇康何人，未必不自知。

事实上，"率"与"帅"原本就通假，绝世型男嵇康，集帅、傲、义、真、勇、懒等特质于一身，他是多么独特的一个人，几乎不能复制。用现代人的话来说，就叫特立独行。若换个角度看，没有特立独行，艺术和美都是没有意义的，嵇康的"帅"和"率"，也就都没有了内涵。这是文人的率，士人的率，知识分子的帅，天才者的帅，是建安大音，魏晋风骨！

嵇康最后的死，自是无法用言语表达的壮丽之死：行刑前，嵇康向兄长要来平时爱用的琴；彼时，刑台上嵇康席地而坐，长发飞动，十只手指勾挑出雷霆风雨、十面埋伏；刑台下，齐刷刷跪满了为他请愿不成而哭晕过去的三千太学生……一曲终了，他顾盼了一下日影，叹息道：《广陵散》于今绝矣！然后，引颈就戮。

想想历史上有无数英雄曾为信念赴死，可如嵇康这般，上刑场，都帅到惊天地泣鬼神的地步，终究是不多的。嵇康将自己最帅的躯壳与最率真的品格融为一体，成就了史上一场华丽之死。

通常，我们对嵇康的了解就是这样了，他无与伦比的帅，他越礼教而任自然的真，他如松柏立于混沌天地间的卓越气质，以及他如此不凡的死亡。可是如果你读过他临死前写给10岁儿子的《家诫》，你会发现嵇康生命内核的另一面。

风吹过

洋洋千言《家诫》开篇说"人无志，非人也"，但是嵇康并没有特别强调让儿子嵇绍继承自己的节操与风骨。他教嵇绍，对上，尊敬即可，不要过分亲密。若是和其他人一起去拜访他，那就不要单独和他一起走在最后，也不要在他家里留宿。因为将来他给别人穿小鞋时，别人会怀疑是你进了谗言；他还教导儿子，看见别人聚在一起说悄悄话，最好离开，因为，假如你知道了他的私事，与他观点一致倒也算了，如果不同，他若担心你泄密，就会想着要除掉你……如此细密烦琐，谨言慎行，分析利害，洞悉一切，这是嵇康吗？

我们知道"竹林七贤"大多喜酒，阮籍酒后驾车狂奔、刘伶喝醉不穿衣服，嵇康也不例外，史书对其都有记载。有趣的是，他给儿子订立的与喝酒相关的原则是这样的：不要劝别人酒，要喝自己喝；别人劝你喝酒，也不要只顾拒绝，要客气地端起杯子，但千万不可喝醉哦，那会搞得自己很难堪。这是嵇康吗？

于是怀疑所谓嵇康的《家诫》，虽说它总体上是把志向看得高于一切的，但这仿佛某某治家格言类的对儿子明哲保身的各种"劝诫"和"唠叨"，是那个潇洒不羁、风流今古的嵇康说的吗？然而，当男神降落凡尘，我却被深深打动了。原来，英勇锐利如嵇康，他内心也有潺潺如歌的柔情，这柔情如此流动而丰富，包含着一万个对儿子的不放心……这是作为父亲的嵇康，基于生活真实之爱，是凡夫的爱，是世俗的爱。

其实历史上有许多名士给儿子留过类似家书，如苏东坡的

《洗儿诗》:"人皆养子望聪明,我被聪明误一生,惟愿孩儿愚且鲁,无灾无难到公卿。"也与自己一生品格坚持有悖。又想起鲁迅,他生前为了整理《嵇康集》花费了大量心血,嵇康给了他怎样的影响?在弥留之际,先生立下这样的遗嘱:孩子长大,倘无才能,可寻点小事情过活,万不可去做空头文学家或美术家。

"不要做空头文学家或美术家",这句话实在振聋发聩。可见,无论是怎样的名士、义士、烈士,当他作为父亲,庸常而世故就是他隐藏的标签,嵇康也不例外。

悼嵇生之永辞兮,顾日影而弹琴。
托运遇于领会兮,寄余命于寸阴。
听鸣笛之慷慨兮,妙声绝而复寻。
停驾言其将迈兮,遂援翰而写心。

再读向秀《思旧赋》,似乎明白了"醉玉颓山"的深意,无论嵇康醉或不醉,他都是一座伟岸的高山,他用生命最孤独、最帅的出走——抚琴就戮,引无数后人来到这座"山"下,思古论今。

记得嵇绍被征召初为秘书丞,刚到洛阳赴任,有人就跑去告诉同为竹林七贤之一的王戎说,我的天啊,昨儿个在人群中见到嵇绍了,那般昂昂然,若鹤立鸡群!王戎笑了说,你呀,你是没见过他爹,那才叫一个帅呢……

风吹过

杜　牧

在传统文化浩瀚的海洋里，一首诗能泛起怎样的涟漪？

没有农村生活经验是一种遗憾，如果说在少年时期对山野乡村有过向往，有一首诗至少起到了启蒙的作用。

清明时节雨纷纷，路上行人欲断魂。
借问酒家何处有，牧童遥指杏花村。

那时候我们流行读武侠小说，曾有过许多次类似这样的想象：眼前的树林田野都笼在清冷的细雨中，远山风光旖旎，近处雾气氤氲，脚下溪水潺潺，你的长发和裙角在斜风里飘出万千的姿态。你迷离着双眼在山路上行走，直到走进这幅水墨蹁跹的画里，然后，你少年的迷惘仿佛也全部都凝固在这幅画中。此刻须得寻一个有酒的去处,若能在那个去处遇见一位衣袂飘飘的剑客与你共饮一杯,或许能够化开这满腹的莫名伤感。忽然,有悠扬的笛声悠悠而至,一个骑青牛的牧童不知道什么时候来到了身边,你顺着他手指的方向,见云雾缭绕处,一面酒幡时隐时现,依稀可辨上面有三个字"杏花村"……

这首诗二十八个字,没有一个词是华丽的,也没有去刻意渲染悲伤的氛围,可是它似乎有着什么魔力,让我们感受到,一个人对自然的体验和内心诉求之间,可以达到如此完美的结合。彼时我还不懂得从诸如"虚静""空灵""飘逸"等的角度去诠释这首诗中的"有"和"无",但这首古老的清明诗,在历史长河里积淀下的那份特殊气质,的确在某种程度上影响了我的审美方向。

也没有谁要刻意去记住写诗的人,然而他千古的绝唱似乎要在每一年的清明前后,都引起我们的关注和倾听。他是杜牧。

昨天,乍暖还寒的午后,沐在阳台的日光里随便在手机上浏览,《唐才子传·杜牧》在你面前徐徐展开:

> 杜牧,字牧之,京兆人也。善属文。大和二年韦筹榜进士,与厉玄同年。初未第,来东都,时主司侍郎为崔郾,太学博士吴武陵策蹇进谒曰:"侍郎以峻德伟望,为明君选才,仆敢不薄施尘露。向偶见文士十数辈,扬眉抵掌,共读一卷文书,览之,乃进士杜牧

《阿房宫赋》。其人，王佐才也。"因出卷，搢笏朗诵之。郾大加赏。曰："请公与状头！"郾曰："已得人矣。"曰："不得，即请第五人。更否，则请以赋见还！"辞容激厉。

想象太学博士吴武陵为了举荐杜牧，骑个破毛驴去见主考官崔郾的场景就不由得想笑。彼时吴武陵还把"笏"插在腰带上，好腾出双手拿《阿房宫赋》的文卷朗读："廊腰缦回，檐牙高啄；各抱地势，钩心斗角……"你仿佛看见吴武陵摇头晃脑的样子，莞尔之余也感慨，哦，这个写《阿房宫赋》的杜牧真是大才之人。他在《上知己文章启》中说："宝历大起宫室，广声色，故作《阿房宫赋》。"由此可见其胸中丘壑，他是在借秦始皇失败的教训，警告当朝最高统治者。

有时想，杜牧的文字岂止是影响了我们的审美方向，他那含蓄不尽的语言提炼功夫，好像只需随便一吟，即成千古绝唱。

不知道大家有没有看过小说《金陵十三钗》，严歌苓引用杜牧的诗句"商女不知亡国恨，隔江犹唱后庭花。"这句诗跨越千年，在抗日的战乱中，由一个青楼女子口中用南京话说出来时，那种对现实中危机四伏的局面的惶恐，呼之欲出又婉转悠长，非常打动人。还有一个很有趣的事情，我常常光顾的一家水果网店喜欢发类似这样的发货短信："启禀娘娘，微臣已将您的宝贝通过某某快递快马相运，不日将抵达宫中，微臣愿肝脑涂地只为宝贝早日到达。"

面对这则短信你怎么能不会心一笑？这个"店小二"一定是了解一些传统古诗词的，不然他写不出这样的文案，因为看见这则短信，你不由自主就会想起杜牧的这首诗：

长安回望绣成堆，山顶千门次第开。
一骑红尘妃子笑，无人知是荔枝来。

当然，我买的是樱桃不是荔枝，这个暂按下不表。无论是"商女不知亡国恨"，还是"一骑红尘妃子笑"，我们看到的都是一个极具文人风骨的杜牧。这种风骨促使他即便流连在青楼明月美酒中，也依然可以从心中流淌出传诵千古的锦句华章。

多情却似总无情，唯觉樽前笑不成；
蜡烛有心还惜别，替人垂泪到天明。

"十年一觉扬州梦，赢得青楼薄幸名。"这是历史给他的另一个评价。据说杜牧不做官之后，好作青楼之游，以风流而闻名。人们甚至用"三生杜牧"来形容出入歌舞青楼之地的风流才士。就是当年吴武陵举荐杜牧之后，也有人给崔郾吹耳边风，说杜牧人品有问题，喜欢出入风月场所。故，虽有《清明》一诗先入为主，在众多的证据面前，这个叫杜牧的诗人在我心中还是定格了这样的形象：非常有才难免自负，有政治抱负又郁郁不得志，而不得志的诗人又有几人不风流不薄幸？他的形象在世俗的观念上，似乎是符合诗人的形象的，实际上后人也的确更加津津乐道他的种种风流韵事。你随便一查，就可以找到证据，宋代黄庭坚有过这样的诗句："春风十里珠帘卷，仿佛三生杜牧之。"

当一个历史人物被定格时，我们可以无限地去想象他的各种传奇，然而你有没有觉得，传奇色彩会使人失去人的血肉？在我心里，杜牧也不过如此了。

直到那一天，天空阴阴的，池州城满城杏花绽放，杏花村旅游文化节正如火如荼地进行，村内展示杜牧生平的展厅里，迎面一巨幅书法作品很是吸人眼球，近观，乃杜牧亲书《张好好诗》：

君为豫章姝，十三才有余。
翠茁凤生尾，丹脸莲含跗。
高阁倚天半，晴江联碧虚。
此地试君唱，特使华筵铺。
主公顾四座，始讶来踟蹰。
吴娃起引赞，低回映长裾。
双鬟可高下，才过青罗襦。
盼盼乍垂袖，一声离凤呼……

辑四 一律

且不说这《张好好诗》记载了杜牧怎样的一段旷世爱情,我是被这满纸云烟,失魂落魄的杜牧书法给震撼了。虽然此幅是复制品,真迹收藏在故宫博物院。老实说,此前,我对于杜牧是不是书法了得,是完全没有概念的。

书法作品的前半段,他回忆与张好好曾经有过的美好时光,笔锋到处清秀飘逸,妙不可言,可写着写着,书者情绪显然跟着诗作里的情绪走了。那时候杜牧官位低微,张好好作为沈传师家的一名歌姬更是地位卑贱,二人根本无力掌控自己的命运,两个相爱的人只得互相别过,而这一次的相见又只能一任落花流水空余恨。由于情绪激动,书中诸多错字漏字,笔墨似也被赋予了生命,蘸满悲伤凄切,甚至让你觉得杜牧都有那么点痛不欲生了,《张好好诗》最后吟道:

洛城重相见,婥婥为当垆。
怪我苦何事,少年垂白须。
朋游今在否,落拓更能无。
门馆恸哭后,水云愁景初。

大家知道,张好好在出嫁时,爱恨情仇的,流连又决绝地,也给杜牧写过一首诗:

风吹过

孤灯残月伴闲愁，几度凄然几度秋。
哪得哀情酬旧约，从今而后谢风流。

爱情故事无论怎样跌宕起伏，一波三折，张杜的爱情到此也就算是结束了，但据说后来杜牧在长安郁郁而死，张好好瞒了家人到长安祭拜，她做了一个更加令人唏嘘的惊世之举——自尽于杜牧坟前。

若不是彼此深爱入骨，何来如此生死之情！

我想作为一门表现的艺术，书法多少可以反映出一个人的人格特征。虽然这满纸云烟只是放大了的复制品，但那天我还是在它面前徘徊良久。回到家，我费了许多周折找到《张好好诗》的书法帖，铺展开宣纸，感受着杜牧的情绪，一边临一边叹息：

斜日挂衰柳，凉风生座隅。
洒尽满襟泪，短歌聊一书。

我窥见了一个有血有肉有爱的杜牧，穿过千年的迷雾，那么鲜活地向我们走来。

风吹过七千年的余响

——探幽双墩、禹墟

已经有无数人到过双墩文化遗址了,我才如梦初醒驱车赶到。初冬乡郊的路上,农人不知忙着什么,总之他头都懒得抬,随手一指:就搁那拐子(蚌埠方言:就在那里)。

"那拐子"是一处原野。原野上有现代石碑,上书"双墩文化遗址",它作为遗址标志以及被认可的勋章高高耸立着,有一些新石器时代的人物雕塑和器物围绕着它。没有什么悬念,从市区到这里只用了二十分钟,我确定自己站在7300年前的史前遗址上。

皖北的风,也没有悬念,它只管带动着原野上的芦苇瑟瑟作响。风在远古时代是链接天地的工具,《山海经》载:

风吹过

> 钟山之神，名曰烛阴，视为昼，瞑为夜；吹为冬，呼为夏。不饮，不食，不息，息为风，身长千里。

当你独自在旷野，听这风吹过七千年的余响，必有感应和感动，你惊奇地发现，那枚被奉为淮河流域人文始祖的陶塑人面像，俯视着你，对你露出雍容神秘的微笑。

绕到石碑背面，乃后人刻上去的诸多更加神秘的刻画符号，它们曾经大量出现在七千年前的陶碗底部，无论是行走的猪还是钻网的鱼，哪怕是一枚树叶呢，都经由人近乎艺术地高度提炼又栩栩如生，甚至可说浪漫；这些神秘的符号聚集在一起，便如同远古的巫师借助了风，向天地发射出邀请神和祖先的咒语；然而此刻，没有了巫师，风便吹不动它们，它们在这块高耸的碑上聚散着岁月、过往寒暑和阴阳，负责给你无尽遐想，也给艺术家无穷的创作素材。

整个双墩文化是建立在考古上的。

在外行看来，遗址并没有什么特别，它们呈现的是考古挖掘的布局，那些规整的几何形状的坑里，埋藏着七千年的探问，而这七千年的探问，宏大、深邃或幽微，不过是眼前这一百万平方米遗址的冰山一角；因此，双墩文化从一开始出现在人们面前就极端神秘，它是远古的、层累的、叠加的、发散的，新石器的断残上面累加着春秋的斑驳，它同时又是渐进的，进而是更新的，那些远古的断残和斑驳，又添无数唐宋的探问，以及现代考古人艰辛执着的追寻脚步和求索精神。

其实，所有的探问，都在于我们惊羡七千年前先祖的创造力，它让我们手舞足蹈，更让我们手足无措，万千疑惑恰给了万千想象的时空，诸多无解刚好让我们有了诸多曼妙的探问——就说陶塑人面像吧，他是酋长还是巫师？抑或既是酋长也是巫师？他（她）头顶的雕题是星星还是太阳？六百多枚刻画符号，是时代记事，还是生命与天地万象的追问记述，并于此无意间诞生的艺术创作？还有哪些大量的动物骨骼和陶器碎片，是祭祀遗存还是填水造陆？是否还有别的生活实用或精神象征的意义……

无论如何，遥远历史背后，有些秘密永远湮灭在近万年时间里了。在寻找与确认的过程中，我们直面了时空的辽阔，却又无法抵达那里，这是一种纠缠，当这种纠缠始终困扰我们的时候，你会无意从中获得考古之外的启示和收获。

你发现，沧海桑田，千秋万代，孕育了双墩文化的淮河两岸，不仅有着你可以看见的现实火热，还和如此古老的文明共存，无论是自然的、生命的、历史的，还是人文的，它创造并改变了这块土地的风景、风貌、风物、风情，让我们一次次、一代代的产生了对中国文化源头的追溯和思考……

于是复转身，御风而行，再至禹墟。

禹墟的发现是"禹会诸侯於涂山，执玉帛者万国"(《左传》)的考古支撑,所以,当沉睡在地下四千年的祭祀台重见天日时,便为这片沧桑的土地呈示了旷代的忧伤。

我们应该如何理解这些忧伤呢?苏轼曾经写过一首《涂山》的七绝:

> 川锁支祁水尚浑,地理汪罔骨应存。
> 樵苏已入黄熊庙,乌鹊犹朝禹会村。

黄熊庙也就是鲧王庙,也叫崇伯观,为祭祀禹父鲧王的庙宇,位于涂山西麓,现已夷为平地。大禹的故事代代相传,文人骚客作诗者众,明杨瞻有《谒夏禹祠》云:

> 云绕涂山晓色浓,千年老树肖盘龙。
> 涧流石母生苔绿,玉产仙岩映日红。
> 山顶寒鸦巢禹穴,林间落叶舞西风。
> 万方洪水归沧海,永赖当年疏凿功。

事实上,诗里的忧伤远不及传说来的彻骨,传说大禹一门三代均为石生。禹之父鲧系裂石而生,鲧治水失败被处死,三年不腐化为石,后人以灵刀剖之,生禹;涂山不仅是禹会诸侯之所,也是大禹婚娶之地。后来的故事大家都知道,女娇望夫化石,忧伤的禹对着石头说:"归我子!"石破北方而生启。

所以，大禹，这个名字几乎可以直指"牺牲"的含义。当然我所说的"牺牲"，既有原始释义，也有现代延伸义。

念及这些传说，登上涂山，并不见乌鹊寒鸦，也没现出九尾狐，倒是禹涂山氏女娇初会的桑石遗迹在阳光下熠熠生辉。享受阳光从后脑勺悄悄钻进脖子里的感觉，目光所及处，并不都是山，还有平原，平原尽头是森林，森林的线条隐藏在大自然的构图里，让你想象"夏之兴，源于涂山"的豪迈。目光收回，淮河就在眼前，都说她伤害过人千百次，才有大禹为之殚精竭虑，因治水三过家门而不入；如前所述，妻子望夫，化作石像，石像就在身后不远处。可是此刻无法想象淮河的暴怒，她在那里，敦厚和善，母性十足。她吸纳着所有过往，七千年风雨雷电，人间是非，爱恨情仇，她一点一点积淀和淘洗。

风把天边那朵犹疑的云霞运到遥远的岸边，这一刻的淮河，低婉回旋，如梦如幻，触手可及。枯叶飘飞，果真有一只乌鹊从眼前飞掠，扑棱棱，发出了一些声响，然后是不可思议的宁静。

迤逦着下山，这条山路并没有多长，然而历史没有尽头；参差与感慨，行行复行行，蓦然回首，仿佛回望，那刚才并非果真有一只乌鹊飞掠，而是风，在我心上，正吹过七千年的余响。

我也是神话。

也非演绎,也非美色
——关于埃及艳后

莎士比亚:旷世的性感妖妇

我年少时对"埃及艳后"的想象是这样的:化着浓妆,黑色眼影线从眼皮一直延伸到太阳穴,她在如同墓穴一样的王宫里走动时,总有一条花蛇扭捏着跟在她裙裾后面。这个诡异的画面无意间在几十年后,看电影《哈利·波特》得到某种验证,电影里头号反派"伏地魔"身着曳地黑袍,走动间,一条蛇滋着信子幽灵般的尾随其后。当时激动于自己和作家 J·K·罗琳拥有一样的想象力,细一想,也只能说明埃及艳后在我心中的印象曾经是邪恶的。

人们似乎更乐于对她的私生活浮想联翩,她不但美貌还拥有财富，她成功色诱了古罗马最有权势的两个男人，让他们为自己效力。她是怎样把自己裹在地毯里去见恺撒的呢？又怎样在恺撒死后，迅速受到安东尼青睐？最终她又如何成为屋大维的阶下囚，让一条毒蛇亲吻胸乳而死？人们对这些东西感兴趣的时候，多半都忽略了她埃及女王的身份，也不在意她姓甚名谁，甚至不想弄明白，一个女人如何卷入了罗马共和国末期的政治旋涡里；瞧瞧，就连英国剧作家萧伯纳都在《恺撒与克利奥帕特拉》里开宗明义，说她为了权力投靠恺撒，是一个任性而不专情的女人。

如此这般，在历史的迷雾里，克利奥帕特拉七世，这位曾经统治包括埃及、塞浦路斯、中东的一些领土和现在利比亚部分地区的非凡领袖，这位几乎是凭一己之力为羸弱的埃及赢得22年和平的历史上最后一位统治者，就这神不知鬼不觉，化身为一代妖后，那般扑朔迷离，浮沉在各种文学作品里了。作为现代人，我面对各种戏说的历史早已见怪不怪，某天，在一篇不明就里的文章里，看到莎士比亚称她为"旷世的性感妖妇"时，突然感到失望。长期以来，被推上文学神坛的莎翁，正如他的作品坐实了犹太人奸商的形象，他对克利奥帕特拉七世的这句评价，也几乎为她盖棺定论了。只是人们啊可曾想过，这一切，让绝世英雄恺撒情何以堪呢。

故事与历史，谁更真实

尤里乌斯·恺撒，生于公元前 102 年，出身拉丁贵族世家，血缘可以追溯到伊利亚特时代的英雄和古罗马的王。他一路征战高卢、日耳曼和不列颠，最后征服罗马，他是罗马帝国的奠基者，也是西方文明的重要奠基者之一。这位杰出的军事统帅、政治家，有着光芒万丈的荣耀，在罗马历史里，他是世界古代史最后一位英雄，是神一样的存在，甚至"恺撒"这个名字，日后都直接成为神圣罗马帝国和俄罗斯帝国皇帝的称号。不过事实上，掌握绝对权力的他却从未称帝，"恺撒大帝"是后人对他表达无上敬意和崇拜的称号。基于此，后世竟是有人拿他和曹操对比，曹操说"宁愿我负天下人，不要天下人负我"。恺撒说"我来，我见，我征服"。然而，和曹操不同的是，他在当时执政期间的改革，包括立法、军队编制等管理模式，即便是到了两千年后的现在，也依然被世界各国依循参照使用。所以，我倒是认为，恺撒和同样开创了统一帝国时代的秦始皇，或可一比。

也许是因为恺撒杰出的政治和军事才华，以至于我们对他在其他方面的成就和贡献视而不见。比如文学。要知道他和曹操一样，除了彪炳千秋的王者风范，他们都是具有划时代意义的伟大文学家。曹操历史性地开创了中国的建安文学，并留下大量经典名篇，而恺撒写的战争回忆录《高卢战记》《内战记》

等，一直被后世的人们作为学习拉丁文的必读书。《高卢战记》更是成为高卢和日耳曼各地区最古老的历史文献，甚至恩格斯在《家庭、私有制和国家的起源》一书中，都大量引用它的内容。

于是我就有了一个问题，这样一千年都不会出现一个的盖世君王，在当时开放的古罗马，什么样的美女没见过？那么"埃及艳后"对其色诱一说，是否可靠？

所以，我们多少还是要梳理一下这事儿的历史背景。我们所说的这位"埃及艳后"，史称克利奥帕特拉七世，是埃及国王托勒密十二世和克利奥帕特拉五世的女儿。公元前51年，依父王遗诏，21岁的她嫁给了比自己小6岁的同父异母弟弟，也就是托勒密十三世，姐弟俩一起执掌朝政。先不忙大惊小怪，在当时古埃及，王室一直保有血亲通婚传统，他们没有不伦的观念，不过是指望亲上加亲，以便更好维护王权。奈何古今中外，宫廷斗争都惊人相似，这姐弟二人，不，这夫妻二人并未因为血亲联姻而齐心治国，相反，朝野很快分出"男王派"和"女王派"，两个派系剑拔弩张之际，也正是罗马帝国内战正酣时。虽说，作为世界古老文明的国度，埃及曾经多么辉煌，可发展到托勒密王朝时代，还是走了下坡路。自古弱国无外交，何况还内斗呢。彼时庞培败给恺撒逃到埃及，轻而易举取得对埃及的控制权，托勒密十三世借着庞培的支持，趁势就把自己姐姐驱逐出了亚历山大城。当时罗马帝国的统治者恺撒一路追杀庞培，兵临埃及。在这样的历史契机和当口下，错综复杂的，恺撒和克利奥帕特拉七世相遇，继而恋爱、生子。

　　历史背景大概如此，至于细节，人们只能捕风捉影，捕风捉影中，历史演变成了情色故事。根据罗马人的记录，克利奥帕特拉七世斗不过自己弟弟，为了取得恺撒的支持，只好实施美人计，她把自己藏在一个毛毯里，让手下假扮成商人，把毛毯抬到了恺撒居住的行馆。文学作品据此找到了发挥的空间，连莎士比亚都没有免俗。在这个"空间"里，盖世英雄恺撒缓缓打开毛毯，克利奥帕特拉七世，如同咱们端午节的粽子被一层层打开，美艳欲滴，破"毯"而出，……我以前只道是乌雅马与美人很配，却不曾想过，毛毯不但可以飞，还可与美女成就行为艺术。显然恺撒被这一幕惊呆了，有没有立刻爱上不知道，总之，他之后的确心甘情愿助她登上了王位。就这么着，埃及王宫里"女王派"成功逆袭，"埃及艳后"青史留名。

　　只是这名，着实不是好名。依着人们的想象，爱情不一定是玫瑰，有时也是迷魂药，恺撒占领埃及后，非但不吞并埃及，反而替"埃及艳后"赶走弟弟，为她夺回王位，向她下跪行礼，还和她生了儿子。这一切，都让罗马帝国元老院的议员们为国家权力的更迭而担忧，可他，却在维纳斯神庙中为"埃及艳后"立了座镀金雕像，希望她"母仪天下"。这下好了，元老们正琢磨找碴呢，他这边就来个火上浇油。彼时恺撒权倾朝野，岂会不树敌？不知道他对"埃及艳后"的一往情深，是不是助推了自己被刺杀的进程，故事可以瞎掰，历史却没有如果，公元前44年，恺撒被一群议员刺死在庞培雕像的脚下。一念间，梦断罗马。

"埃及艳后"没有成为罗马第一夫人，埃及的独立局面也岌岌可危。克利奥帕特拉七世只好再施美人计，"色诱"恺撒的亲密盟友兼养子马克·安东尼。之后的故事就变得顺理成章了，这一段历史上莫须有的著名风流韵事，被人们描述成，克利奥帕特拉七世盛装打扮，宛若爱神维纳斯，她乘坐奢华的镶金楼船和安东尼幽会，把这个新的罗马领袖迷得找不到北，完全忘了与众议员商讨的征服埃及计划。他与克利奥帕特拉七世日夜厮守，不仅允许她继续恺撒之前的政策，承认埃及不属于罗马，还将罗马统治的部分疆土赠给了她。安东尼的娄子比恺撒捅得还大，他是被情色完全弥蒙了心窍，元老院里再一次沸腾了，这是要把罗马变成埃及的行省吗？不打他们可天理不容！公元前31年，屋大维亲率军队讨伐这对情侣，阿克提姆海战，是一桩历史悬案，但这场战争结束了安东尼对东罗马的统治是不争的事实，他最终被屋大维包围在亚历山大里昂，自刎身亡，"埃及艳后"则用一条毒蛇结束了自己的生命，香消玉殒。

那艳，也非演绎，也非美色

埃及艳后的故事结束了，埃及王朝也结束了，罗马人终于遂了心愿，把埃及变成了罗马的行省。可你不觉得哪儿不对劲吗？这些与历史纠结在一起的故事中，克利奥帕特拉七世的形象如此单薄，一代女王，仅靠美貌就与恺撒大帝如胶似漆生活了3年，生了孩子，还立了神像？然后，再凭颜值，与安东尼相知相守了12年？这俨然就是一个红颜祸水的套路，既缺乏想象，也俗得很。

那么，咱们换个角度呢？想想看，商王武丁有六十多个妻子，却为何独宠妇好？甚至把妇好的墓都建在自己的宫殿里？从我们所知的历史事实看，有一种解释，那就是武丁王爱妇好非凡的胆识和过人的智慧。相信人类的许多感情都是相通的，以此类推，恺撒大概也是一样的吧，安东尼呢，也未必不是如此。他们需要克利奥帕特拉七世在埃及的影响力，同时更爱她的谋略和勇气，敬佩她对自己国家的担当。而他们，有与女王匹配的爱情，更有能成全她这份担当的能力，所以，让埃及独立，让女神保持尊严，是政治的需要，又何尝不是爱的表达！与其如此轻浮使用"色诱"一词，不如说，恺撒和安东尼与克利奥帕特拉七世有着彼此仰慕、钦佩、敬重、崇拜的情感交融更准确些。

这一切，与他们不在一个认知层面上的罗马民众是不可能理解的，他们只看到，这个女人占有了他们两任高尚的领袖。就跟中国人总喜欢将王朝的衰亡甩锅给女性一样，那些美丽的女性，都可能是红颜祸水，罗马人也热衷于这么干，也有着这样的思维和观念判断。在男权社会里，女人只能是附庸，女王也不能例外，于是他们愤怒地告诉后世，伟大的恺撒是"被她引诱的无辜男人"，"安东尼从世界的顶梁柱到一个荒淫的傻子，只因爱上她。"他们乐此不疲地宣扬她的美色和手段，于是，你所看到对她的种种记载，还有揣度和演绎，就都带着那么点儿说不清道不明的低级趣味。

果然，在之后对古埃及历史的考古研究中证实，克利奥帕特拉七世身高仅1.5米，偏胖，长相并不完美，甚至可说一般；所有的学者，都没有找到克利奥帕特拉七世靠美色诱惑恺撒和安东尼的证据，反而在《埃及古物学——迷失世纪》里找到了这样的记载：阿拉伯人经常将克利奥帕特拉七世称作"善良的学者"，还经常引用她的科学著述。近期一位英国学者更发现，克利奥帕特拉七世在阿拉伯世界是备受尊崇的学者，她可以熟练使用五种语言，且聪明、诙谐，具有惊人的毅力，对炼金术、哲学、数学无一不晓。她甚至是一个伟大的建筑师，将尼罗河的水引到亚历山大城，就是她的功劳。她的宫廷，当然不是色诱男人的场所，而是知识分子聚会的地方，女王经常和科学家在此开会，讨论科学难题。

不竟又疑惑起来，为什么埃及王朝，竟不对自己女王的生平事迹做任何记载，撕开历史的一角，才见真实的残酷：罗马内战期间，战火殃及埃及亚历山大图书馆，包括许多古埃及珍贵孤本在内的过半珍藏被毁，而如今你所看到的有关女王的记录，却大多来源于恨她的罗马人之手。

203

说起来真够讽刺的，一代艳后原来是善良的学者。好在故事与历史的巨大差别，已经不会令她痛苦，她努力救赎过自己的国家，却最终一声叹息，很悲，却也无悔。我一直记得某个电影里的话剧片断，克利奥帕特拉七世决定结束一个王朝，她从篮子里取出一条黑色的小蛇，让它在自己的指间缠绕游动，她颤抖着声音说：来，你这杀人的毒物……她让蛇钻入胸衣，接受了毒蛇之吻。

哪有什么扑朔迷离，真相假象，不过是，爱恨情仇，贼王败寇，历史常常由胜者一方来写，但阴云终究遮不住太阳，找到了埃及艳后"不美"的证据，学者们有心要为女王翻案。我有些不以为然，为什么只有证实了一个女人不够美貌，才能坐实她的才能？这其中又该有多少不可名状的欲说还休？我宁愿相信女王那被传为绝世的美艳，也非演绎，也非美色，而是爱的倾注——爱爱人，爱自己的国家，爱科学、正义和真理，因此那艳，是精神恒久的光耀和美艳，终会穿透云层，照射而来。

辑五

贤 聚

唯有对话，
令我们产生平等意识，
达到互识、互学、互补的目的。

风吹过

木叶丹黄

那天老师说，虽然功力比不得龚贤大人，可还真画出了原作中，那几分清冷的秋意。

静下心临古画，是一种奇妙的和古人对话的过程。临完了《木叶丹黄》，便深深理解了龚贤作品中的孤独意境。我们都是最无力的个体，生命孤独地出走，最终，有几人能做到，不投身到群体的喧嚣中？

辑五　贤聚

女人和男人不是梨子和杏子的区别
——和作家赵宏兴、田瑛、余同友、刘彬彬谈女人之间的友谊

生活中我们都买过、吃过梨子，我们在梨筐里挑来拣去，大多是因为你听说梨子也是分公母的，母梨汁多，水嫩。可是一堆梨子有什么根本的区别呢？这就形同女人间的友谊，易碎与否，外表看不出来，只有内里知道。所以，女人之间有没有长久的友谊？这答案其实应该在女性的心里。与几位男性作家探讨女性友谊的话题，是意味深长的，生活在这个时代，女性可以逃避的空间越来越小，她们必然要承担更多的社会责任。或许，透过讨论，提醒我们正视自己，认知自己，完善自己，去体会友谊的内核是什么。最

终学会理解和包容，那么，透过男性视角看女性的友谊，倒不失为一条捷径了。

君娃：不知道男人们建立友谊是不是喜欢歃血为盟，反正女人之间友谊的建立非常简单，比如她们共同喜欢一本书，或者共同讨厌某个人，她们就可以建立起手拉着手的关系。所以相对来说，这种感情好像也显得异常地脆弱，有时候一点莫名其妙的小事情就可以"友谊的小船说翻就翻"，更有甚者会互相攻击，反目成仇。在男性的眼中，女性的友谊是不是这样？

赵宏兴：的确是有点这种感觉。但是这不能简单归纳为好或者不好。这是由女性与生俱来的一种特质所决定的。怎么说呢？就是说女人的 DNA 里天生就带有"变"的因子。

君娃：变？是说女人的善变吗？不过相对于男人，女人想一件问题，的确会把问题复杂化，男人想一件事，一般是用最快捷的方式（直线）来思考。

赵宏兴：从长度来看，女性的变是人类进化的结果，因为女性要嫁，而男性是娶。咱们不妨从人类起源去找母性"变"的原因。首先，人类是具有动物性的，打个比方，森林中狮王争霸，新狮王取代老狮王，这群母狮就必须适应这种变化成为新狮王的妻妾才能生存。而新的雄狮统治狮群的时间并不长，一般一到三年左右，之后又会被更年轻强壮的雄狮取代，这群母狮又得要适应。这种必须面对的波动性，在人类的世界里是一样存在的。比如过去女性十八岁就要出嫁，离开父母，离开村庄，去嫁给一个陌生男人，这是女人感情第一次的变。女人嫁了一个男人，组成了家庭，有一天离婚了或家庭变故了，女人又要组成新的家庭，又要面对新的男人，她就要变，变得适应。所以"变"似乎是女性的天性，也不是贬义词。

君娃：我理解赵老师的意思是说，大部分女性为了生存首先有"嫁鸡随鸡，嫁狗随狗"的传统理念，同时又必须面对生活中不断可能出现的变化，譬如家庭的变故，这实际上是某种不安全感造成女人与女人之间的联盟的不稳定性。因为她们要通过变化适应新的局面。

赵宏兴：从生活的横断面来看，不是所有的友谊都必须要天长地久，记得星云大师说过，人生只要三五个知己就行了，如果一个人说她有几百个知己那不是成了笑话。所以对"友谊的小船说翻就翻"要正确对待，不需要觉得这是多么了不得的事或者还上升到人的劣根性上去。

君娃：是的。细想想，历史上有典可查的伟大友谊基本上都发生在男性之间。比如伯牙和子期的知音之交；刘备、张飞和关羽的生死之交，廉颇与蔺相如的刎颈之交等等，还真没见有过女人之间伟大友谊的记载。

田瑛：几十年来，我见证了女人间各种不同的关系，友谊乃其中之一种。正如君娃所言，她们的友谊很容易建立，也极易破碎。但是我还是愿意相信，女人之间是存在真正友谊的，经历了大事小事乃至生死考验，彼此友情依然，生活中不乏其例。对了，同性恋应该算是她们的友谊抑或是超越友谊而成为爱的一种关系吧？

君娃：女性之间的友谊与女性之间的恋爱（同性恋）应该是两种不同的感情吧？我不太清楚友谊是否可以突破成恋爱，在我的认知范围内，两者似乎不存在模糊的概念，比较容易理解的区分是，有没有对同性持续表现出性爱倾向。而友谊的关系，肯定不会有性爱的要求，只要有信任、尊重，或者仅仅是好感似乎就能成立。

田瑛：一个"恋"字真的让我们大伤脑筋。性爱关系难道是确认女人间的同性恋者唯一标准？有无没有性爱的同性恋？还有一个"友爱"的概念，它跟"友谊"有严格的界限吗？我似乎在咬文嚼字，又似乎钻进了一个死胡同，这个话题好像难以为继了。

君娃：这么一追究的话，我说的显然不严谨了。是啊，会不会有介于友谊与爱情之间的"灰色地带"呢？不过友谊和友爱应该也可以区分吧，友谊是双向的，友爱可以单方面。田老师的人生经历不是普通人可以拥有的，所以必然对世事有更深的洞见，在田老师看来，两位女性经历了大事小事乃至生死考验，最终彼此友情依然，这里面是什么在起决定性因素？

田瑛：决定性因素也是因人而异，不能一概而论。所谓牢不可破的友谊其实是相对的，虽则经受了时间或生死考验，但往往也许因为一个男人不合时宜的出现，即一对好朋友同时爱上了这个男人，她们之间就可能因此反目，其友谊就变得不堪一击，最终双双败下阵来。现实中的这样的例子是屡见不鲜的。

君娃：虽然现实中我遇到这样的例子不多，但在影视作品或者文学作品中，一对闺蜜同时爱上一个男人，或一对哥们同时爱上一个女人，男人和女人的处理方式的确是非常不同的。通常我们看到的是，男人会维护友情，相信兄弟，甚至把喜欢的女人托付给他照顾。比如，古龙小说中的楚留香。那么这事儿若反过来，是两个闺蜜喜欢上同一个男人，基本上是反目成仇的。最好的结局也是形同陌路。

这是不是又与男人与生俱来的特质有关？他们要满足了自我成就感，你看，我多伟大。

田瑛：文学作品里兄弟情至上的描写，完全是作者的理想化处理，并不具有普遍性。现实生活中，两个男人为一个女人争风吃醋大打出手并不少见。有意思的是解决争端的方式，往往主动权最终取决女方，如果选择了甲，乙便认为女人并不爱自己，于是无奈只好放弃。而女人则不同，她们更"死心眼"，都认定是对方抢了自己的男人，为此是绝不会善罢甘休的。

君娃：哈哈，是这样的。事实上，女人之间的友谊历来就不被人们重视，无论是中国的还是外国的小说，都很少有这方面的题材。偶尔有一两部电视剧涉及一些，但侧重面还是表现两个女主角与外人之间的往来，然后掺杂着她们之间的争风吃醋，至于两个女主角之间的感情交流，总是一笔带过。

最近有部小说很火，是意大利女作家埃莱娜·费兰特的《那不勒斯四部曲》，这部小说就是说这世上最微妙的女性友谊的。书中复杂的情感伴随着二位女性充满愤怒和挫折的成长，她们既是最好的朋友，也是最坏的敌人。读这部小说，让人感到友谊撕掉了温情的伪装，爱中都隐藏着寒光。

余同友：说到文学作品中的女性友谊，江西有个女作家阿袁，擅长书写高校高知生活，她的很多作品里都写高校女教授之间的脆弱的友谊。我就不太相信这就是现实，其实，这就如书写爱情一样，不能终成眷属的爱情故事才值得写，不能将友谊持续的女教授们的故事才吸引读者啊，我们不能据此就否认这世上没有修成正果的爱情，没有持续一生的女性间的友谊。

君娃：余老师是一线写作的男作家，这个观点多少会让女性朋友舒口气，因为，在日常的观察中，不仅仅是男性，连女性自己都认为女人之间的友谊有点"那个"。

余同友：出现"女性之间没有友谊"这样的结论，大多是先入为主，甚至连女性自己也信以为真，就我个人生活经验和观察，我倒是发现女性之间的友谊比男性之间的友谊更为纯粹、长久。所以，女性之间的友谊并不存在问题，有问题的是男性与女性之间有没有友谊。

君娃：男性与女性之间有没有友谊，是一个更值得探讨的话题。我认为有。

余同友：女人和男人的情感区别并没有那么大，女人和男人不是梨子和杏子的区别，只是雄梨子与雌梨子的区别，都是梨子，都有一样的情感的内核与汁液。那些认为女性之间没有友谊的人，可能还真的是受了文学的影响，比如你前面说的什么刘关张桃园三结义了，什么伯牙子期高山流水遇知音了，说实话，我对这些传说是很不相信的，别相信传说。

那为什么较少女性之间友谊的传说呢？我想可能跟长期以来女性缺少话语权有关，女性生活在过去是相对封闭的，她们也很难陌路相逢义结金兰。

君娃：没错儿，正如赵宏兴老师前面说的，从长度来看，女性的变是人类进化的结果，因为女性要嫁，而男性是娶。女性对于家庭和家中丈夫孩子的亲密关系有着天然的依赖感，在事情的取舍上，可能多偏向家庭……我就想，是不是这也是给人造成友谊轻浅的感觉之一？女性在友谊面前的这种状态，是不是与很长时间的男权社会施加在她们身上的压迫有关？

余同友：女性对于家庭和家中丈夫孩子的亲密关系有着天然的依赖感，可能给人造成友谊轻浅的感觉？会有这种感觉吗？我没有。这可能是一种对女性友谊的成见所致，那是不是也可以这样说：男性对于权力与厮杀有着天然的亲近感，可能给人一种只有竞争没有友谊的感觉？

君娃：通过余老师的观点，至少我可以确定今后的两个讨论话题，男人与女人之间有没有友谊？男性为什么对于权力与

辑五 贤聚

厮杀有着天然的亲近感？

刘彬彬：余老师说的有道理，男人与女人不是梨子和杏子的区别，女人之间的友谊和男人之间的友谊本质上相同，女人间之所以会"友谊的小船时刻会翻"，我认为与女性与生俱来的"自我保护"意识有关。古往今来，女人就是弱者，为了拥有自己的生存之地，她们会对任何潜在的伤害或侵略时刻保持高度的警惕，而男人则不，失去固然痛苦，但他们更在乎得到的欣喜！男人间断交多为获得的不公，女人间的翻脸就似乎很难说得清楚。

君娃：如此说来，果然与男权社会对女性长期的压迫有关。其实当下，跟随时代一起变化发展，女人的社会地位越来越高，"女汉子"等网络流行称谓语的出现，今年三八妇女节改称"女王节"，我记得去年还叫"女神节"呢，这些现象都可窥见当下女性社会身份的变化。所以，女人自身是渴望建立更好的关系的。

刘彬彬：你提到对女性的网络称谓，我突然想到一个女人间最爱标榜的词"闺蜜"。我觉得两位女性在强调这个词的同时，多少也有提醒的意味，甚至还有和平共处的原则。

君娃："闺蜜"是一个意味深长的词，我个人不喜欢。我几乎不会介绍说自己的女性朋友是闺蜜。我会说，这是我的好朋友。呵呵，其实，"朋"字在古代也不是一个好词儿，它代表为私利而互相勾结、排斥异己的一帮人，譬如朋党。不过，这样追究的话也没什么意义。

刘彬彬：对，现在的"朋友"一词，就是代表彼此友好的人。而"闺蜜"在我看来却是一道很厚的墙，但又是一碰就碎的墙！成为闺蜜，理由很多，但似乎不代表感情的深浅，更多的是两个女人需要绑在一块，互不侵犯，一致对外，保护自己。友谊的小船是否会翻，也不取决于外界的风高浪险，而是看相互间是否包容与忍让。

君娃：包容与忍让，是维护任何感情的重要前提。不过作为女性，和许多不同的女性朋友的相处，我的观察是女性的确是比较善妒喜欢攀比的，但程度不同。有的会在这种情绪中停留最后积累成负能量，甚至去伤害他人，有的则一闪而过，同时寻求自我更新。

刘彬彬：你们女性可能不知道，男人也有嫉妒的毛病。只是女人为了更多的保护自己，不甘成为弱者才往往流露出一种"愤恨"，妒心与攀比，根源还是天生缺乏安全感。我说过，女

辑五　贤聚

人以保护自己为先，最有力的保障是不比别人弱，一旦有超越者势必就有危机感。

君娃：刘老师果然是率真，虽然没说大道理，却颇有一针见血的效果。感谢四位老师在百忙中关注女性话题。其实找男作家谈论女性话题，是因为在男性的视角中，我总觉得他们并没有很多机会领会典型的女性思维，而男作家则不同，他们善于观察总结，不过，契诃夫又好像说过，女人是个猜不透的谜。呵呵，契诃夫就是作家，他还是医生呢。

我认为，除了理解包容忍让，真正可以建立起相对长久的友谊的关键，还是要两个女性之间气场吻和，人格能同步完善，以及价值观基本一致。

风吹过

散文之见，或者常识
——和作家陈峻峰聊一聊散文

君娃：我总是会听人说，你这篇散文真是信手拈来。每每听到这样的话，都会觉得委屈，虽然从形式上来看，散文较其他的文学体式要自由、灵活多样些，然而真正用心创作的人都知道，散文的自由绝不是毫不经心、信手乱写。自由灵活的散文写作，是"装着随便的涂鸦模样，其实却是用心雕心苦心的文章。"它同样要求写作者天赋才华，还要不断扩大和丰富自身素养，并有成熟作家的写作训练，或者更高，如此，或可经营出一篇像样的文章。所以，当下普遍把散文当作是"小功夫"的写作态度的确对散文有很大的伤害。去年，也是这个时候，夏天接近尾声，金秋盛装登场，你沿淮河行走，要写一部关于淮河的书。游到了淮河中游的蚌埠，我的城市，开始与你认识和交往，之后多次谈到散文，也谈到绘画、艺术、新诗、汉语、阅读、成长、电影、自媒体、当下、黄梅戏、沙河调、莎士比亚、鲁尔福、舒尔茨、布罗茨基、后现代、怀远石榴和信阳毛尖，有许多快乐，也有许多共识，成了忘年交。不过今天我想转换身份，作为《禾泉》文学微刊的主编，对你采访，还是想请你能就散文和写作以及当下文学关注的点，给我们谈点什么。

陈峻峰：谈点什么，但不是访谈的谈，是谈话的谈，是聊天。这样可以让我如常信手拈来，信口胡说，而不被人追究和围剿，担负责任。

君娃：好啊，聊天。你从来都是性情之人，让人愉快。记得就是前段时间和你聊我个人的几篇散文创作，就发现在散文写作上，你有非常独到的见解，有一点我和你的观点一致，写好散文其实是很难的一件事情。

陈峻峰：是的，但我认为现在的散文是出了状况的。散文目前最大的问题是所谓"散文边界"问题。一时间，大家都在谈论。事实上，不大不小的都谈论了十几年了。结果是未见在文本上有突破，各种提法倒不少，如你所熟悉的什么大散文、新散文什么的，等等。我认为，首先，应该看到，文学体裁的界限是非常清晰的，是古人通过大量的经验传承和规律总结而科学划分的，是文学发展成熟的产物。无论是三分法或者四分法，界限都非常清晰。但是我们现在呢，散文倒成了一锅煮，没有边界。就是说，只要不是小说，只要不是诗歌，或者戏剧，都可以归到散文里面。有句歌词：把我的悲伤留给自己，你的美丽让你带走。套用一下是，好吃好喝让你带走，我来收拾一地垃圾。我认为这个是错误的。

君娃：那么，以文体为例，散文究竟是什么？

陈峻峰：事实上散文的文体是非常清晰的，散文就是散文。所谓混淆其类的那些随笔、传记、回忆录、读书笔记、序跋、书信、创作谈，还有纪实文学、报告文学、文艺通讯、非虚构、记叙文，等等，都不可以冠以"散文"，这其实是一眼就能看出来的。我觉得既然大家自有"名分"，那就各归其类，就是最科学的方法。比如随笔就叫"随笔"，书信就叫"书信"，序言就是"序言"，后记就是"后记"，等等，而不应该都往"散文"大概念上靠。这有问题吗？很多文学刊物就是这样分类的，非常好。这本就是常识。不论一篇文章动用了多少手法，"体裁"一眼就能识别，有没有混淆的呢？有，极少。像史铁生的《我的地坛》，还有我朋友胡亚才的《信者》，但我所知道的这两个，被作者证实，都是散文。似乎有点谐谑。刻意分辨，没有实际的意义。特别不明白的是现在还有一个"非虚构",非虚构是什么?界说的是文体呢?还是内容?还是别的?或如有人所说,不过是社会主流阶层引导公共价值的需要,并非文学发展自身内在规律呈现;即便有传统的叙事良知和当下个体经验掺杂,新闻通讯也有,但它与文学无关,更与散文靠不上。我依然坚持认为,何苦要装呢,你就叫纪实或传记文学,或新闻现场、采访实录、文艺通讯,不就得了。何苦。还有大量流行的随笔,无论是专业、行业、客串、学究、故纸堆、掉书袋、陈年旧闻、逸闻秘史、风花雪月、中国文章、民国风,貌似有考据,有发现,有情怀,有情调,甚或有"深刻"思想,自成一家言,而全无感性经验、个体经验、生存经验、生命经验,以及鲜活、自然的天性、野性、摇曳、跌宕、抽泣、喘息、电光火石、稍纵即逝,在场,撕心裂肺,就是大文化、泛文化、帮闲文化,非文学,你也远点,各是各,去你的地儿上热闹,不要干扰了散文的"名声"。就像我,曾经一度极其迷恋"跨文体写作",后来发现,这是个伪命题。如果有,司马迁的《史记》就是:被盛赞为史家之绝唱,无韵之离骚,有很高的文学价值。但没有人会把《史记》当成"诗",也没人拿来"唱"。就体裁而言,它就是"纪传体"史书,归类不到文学的任何一类文体。即便文学文体"内部",一篇富含诗意的小说,你能说它是诗歌吗?反之,诗歌运用了叙事,你会说它是小说吗?但有人抽出《史记》的某个篇章和片段质问我,这不是散文吗?

我无语，只可哭笑不得。这就是散文的遭遇。

君娃：哈哈，犀利！可否举些例子来说呢？或者说究竟哪些作家是真正能把握散文文体抑或写作精髓的作家？

陈峻峰：哎呀，我也许有些固执己见，说太明确怕是会得罪了人。其实有些有社会"职务""地位"的作家、名家，受众人追捧，出一本书，或写一篇文章，就有人说他怎么怎么创造了一种文体，这不仅势利，且显然是虚假吹捧，冲着你的地位或名头去的。没有人会在今天创造一种文体，推翻人类共有传统与通识。其实那文章我也看了，非常简单，就是随笔，不是散文，不过是借用了散文或其他一些手法，但它还是随笔。还有很多其他文体的作家也写"散文"，他们老认为他们写的是散文，其实不是，其实就是在"讲事"，或者就是一篇普通文章，介绍性文字，应用文，把某个事情讲清楚。那天遇到谁啦，到了什么地儿，怎么回事啦，再百度百度那里的山川地理历史民俗风物掌故，以及当下形势、明日天气、此时心情，云云，他们老把这个东西认为是散文，写了就发表。拜托，能不能对文体有所敬畏。对文体的敬畏，就是对文学的敬畏，也是对自己的尊重。而所有文体都是值得敬畏的。小说家不把散文当回事，或者诗人原本就视小说为世俗之物，都是无知。作家宁肯，专门说过（一些）小说家的散文问题，他说只有散文家写出的散文"文体"的散文，或者说是文学"文体"的散文，才是散文。其他都不是。是的，他说的是狭义的散文，你理解的没错，而我们强调的正是狭义的"散文"、"纯粹"的散文。它对应的无疑是"广义"的散文、泛化的散文，抑或是泛滥的散文。至于小说家或什么家的文章，它该是什么，就是什么。狭义的散文因为"狭义"，眼里不能掺沙子，必以高冷、凌厉、拒斥之态，绝不容忍它们。我这些话，就又要得罪人了。

君娃：我认为敢于坚持并说出自己的主张挺好的呀，不过这么严格的要把散文和其他的一些东西区分开来，它的意义在哪儿呢？

陈峻峰：如果基本文体的认识都不清晰，就必然对散文和散文写作构成伤害，最后伤害的是散文写作者。如果一定要说意义，就是让散文有一点尊严。这也是文学应有的尊严。

君娃：散文当下的生存和生态、观念和创新，民间与主流、发表和评奖，还有真实与虚构之争，似乎都遇到了问题。你不妨围绕你的主张和我们谈一谈，比如散文究竟面临着怎样现实尴尬的境地。

陈峻峰：你知道，文学首先是精神产品，它最伟大之处，或者说它的全部魅力就是因为它可以无中生有，即它的虚构特质。而散文却是有中生有，起码我们过去的传统要求"散文"有中生有，即说它以真实为基础和本体，这似乎就给人一个错觉，让人感觉散文好像要低级一点一样。就像国外把文本所对应的人的精神层面，"传记文学"排在了最末一等，而诗歌高高占据在第一位。

君娃：这好像已超出文体本身所及了。

陈峻峰：对，这样一来就形成一个现象，比如一个小说家，他写不出小说了，一个诗人写不出来诗了，最后发现他们在创作枯竭之后，还能写一种文体，那就是"散文"，事实上，他们写的散文已经不是我们谈论的文学文体的散文了。这是十分有害的，仿佛这些糟糕的窘迫的写作者的命运，就是散文的命运，并为散文定义。身边这样的"作家"太多了，年轻的，年老的，都有，写好多好多"散文"，发现他们写一辈子都没弄明白生活的真实和文学的真实，从一开始就扼死了想象力，毫无文体意识，也不读书，然后完全依赖不断地"深入生活"——去一个乡村或工厂，旅游，参加一次聚会或者活动，等等，凑出几许，勉强成文。就是这样，他们的写作一生都深陷于竭泽而渔的困境，他们永远不知道低下头来，发现并面对自己的内心——写作更为广阔的想象空间，因此我敢说，他们乃至至今没弄明白什么是文学的"虚构"。一旦社会不提供生活事件,他们就什么都不会写了,也什么都写不出来了。他们羞辱了散文,也羞辱了我。

君娃:那么咱们就从这个创作角度谈一谈,我们如何写好一篇有"尊严"的散文。或者给我们介绍几位近当代的,散文写得好的,可以去向他们学习的一些作家。

陈峻峰:你是作家,又是一位优秀、勤奋、有潜质的画家,关于绘画像不像这件事,一直争论,还在争论。好像是吴冠中说的,画得像是写真不是艺术。如果绘画就是要画得像,那么你随便找几个人训练几个月一年半载,就可以做到。那些农民、"画虎村"就是,某大师学生的流水作业就是。所以塞尚啊、莫奈啊、毕加索啊,凡·高啊、达利啊,还有诸多开时代风尚的流派,现代主义、后现代,他们对艺术创造性的历史贡献,我认为才是巨大的。

君娃:呵呵,谢谢你对我的鼓励。只是你没有正面回答我的问题,不过这个回答也颇有意思。我得想想。文学和艺术本就是相通的,我们可以贯穿去思考一些东西。

陈峻峰:我觉得一个写作者,无论选择怎样的文体,最终都考验着你天才的创造力、生命力和想象力。诗歌、小说是，散文也是，因此我们是时候要来研究一下散文的虚构。对散文的虚构，我关注并进入思考可谓由来已久。记得起码是在两三年前，或者更早，我就和一位热心于当代散文发展的大学老师有过商量，建议他把"散文虚构"从学术理论层面，正式提出来，形成文学概念话题，来促成争锋和探讨，并检阅文本，诉诸创作实践。但这时代，大家忙啊，很忙，看似歌舞升平，落实到每个个体，却内藏生存之艰，终于无果，我深感遗憾。提出并研究散文的虚构，其实还是研究"生活真实"和"艺术真实"的问题。这是老话题，是文学的基本教育，但我们没有多少作家真正认识。很多人写了文章之后，反复强调它是"真实"的，捶胸顿足，对天发誓，要拿命来赌，非常幼稚可笑。所有文章都是记忆之物，人只有记忆，别无其他。就像去年这个时候你见到的"走淮河"的我，当然也包括那时我初见陌生的文静优雅的那个女子君娃，以及禾泉农庄、作家村、书屋、晚宴、灯光、菜品、酒、氛围和现场，还有蚌埠的一批作家，刘彬彬、张枫、小常敏，都在哪里了呢；我所知道的，不久前圆了你的一个梦，到藏区支教，你去的那几天，那里下了雪，不大，洁净，洁白，无声，纷纷扬扬，今日说来，它在哪里呢？它藏在了哪里呢？它又飘落在了哪里呢？换言之，那个去了四川甘孜藏族自治州丹巴县聂呷乡小学支教的君娃老师，她在哪里了呢？时间稍纵即逝，如风消散，留给人的，唯有记忆，别无其他。而作为记忆，当你来写下它的时候，在生活层面，多半已是在"编造"和"说谎"；在文学层面，已经就是在"虚构"了。因为你无论如何都不能还原和重现那个最初的计划以及来去的行程，还有行囊、身体、心情、幻想、构思、手机、钥匙、驾照、记事本、银行卡、身份证等，如古希腊伟大哲学家赫拉克利特所言，万物皆流，无物常住；人不能两次踏入同一条河流。这都是常识。

君娃：这是在哲学层面，我这段时间在抄《心经》，也似有这样的体悟。所有的人和事都是每分每秒不断变化的。你看，这一分钟的我还是前一分钟的我吗？不过，在科幻小说里，人又是可以两次踏入同一条河流的。就像我们的问题，你说散文不易，但一直以来，很多人，甚或包括一些作家在内，皆以为散文简单，门槛极低，谁都可以写，什么都能写，怎么都可以写。"信手拈来"，千把字，分分秒的事。找个"载体"，传过去，就发了。发不了大报大刊，但可以发小报小刊内资内刊；发不了纸质媒体，还有微信微博自媒体，这可能就是你说的散文在这个时代丧失的"尊严"。

陈峻峰：在这个时代，写作所遭遇的问题不止这些。我们身处城市的大小，你拥有平台的高低，你占有资源多寡，以及身份、名头、话语权，等等，诸多非文学的因素，都让写作和发表出现了"特别"的不公平。所以这个时代失去了很多文学价值的判断，真实的判断，或者说文学在一定程度上，失去了标准，失去了经典的标尺。许多光亮，被遮蔽和淹没，而生命短暂，时间如风。对此我是非常悲观乃至是悲哀的，我经常处于一种绝望之中，非常绝望。这可能跟我的出生、成长、教育、年代，以及年龄和衰老也有关系。当然，我还是相信，写出好作品才是硬道理。什么是好作品，作者自知。再就是交给时间，相信它会做出淘洗和品鉴。

君娃：其实对时代的焦虑，每个年龄段的人都有，程度不同吧。互联网的发展，使得我们每天接受的信息太多了，是不是接受的越多，就越是不安，越容易产生焦虑，或在某种意义上，我们正处在一个焦虑的时代吧？听你说了这么多啊，我突然想到了小说《局外人》。如果说你保持一种冷静的，或者是内心有一种对世俗环境的一种对抗精神，现实中你是要付出非常大的代价的，而有几个人愿意付出这种代价。你的关于淮河的大书的写作进展如何？顺利吗？能透露点什么？

陈峻峰：你知道的，走淮河，是三个人，一个小说家，一个是诗人，我写散文，恰好包括了文学最重要的三个文体。我们准备写三部书，分别是小说集《长淮九镇》、长诗《淮河简史》，再就是我的长篇散文《淮上故乡》。走淮河、写淮河的，古往今来，汗牛充栋。仅只这些年，我就看到有各种各样的"走淮河"以及"走淮河"的书，有集体的，有个人的，有的公共化，也有貌似个体的经验写作。从内心讲，即便天赋不足，但我还是特别想写一个和他们以及你所见到的所有都不一样的淮河，我私人的淮河。无论是文本结构、体例设计、内容选择和语言创造，努力提供一个不一样的散文文本。做不到，我不能不想，不能没有写作野心。近三年，我称之为是我写作的瓶颈期，我不断在改变我的叙述，着重致力于短句的训练，以口语和翻译语——西译汉，也包括汉译汉，进入现代汉语"语言"——我再强调一遍是进入现代汉语文学语言的概念辨析和写作尝试。一意孤行，四邻为敌。之前发表的几个散文你已经看出来，我想用一部书的力量"表现"，就是这部献给我的母亲河——淮河的书。写作顺利，已近尾声。因此也正好借你的平台，感谢我走淮河一路上给我提供帮助的人，感谢给我提供采访和资料的人，感谢所有关注本书写作的人。

君娃：祝贺啊，淮河也是我的母亲河，所以非常期待。谢谢你，今天谈到的很多散文之见，按你所说，都是常识，而我恰恰以为，这时代，可能缺的就是常识。刚读了你最近发表在《散文》上的《忽略》，被《散文》海外版选载，放在"作家视野"栏目头题，文章里谈到了"语言"，我特别想听你讲"语言"。刚才有所涉及，并未展开，作为伏笔，期待下次。

风吹过

陈峻峰：语言是好话题，热点、难点话题，敏感话题，冒险话题，和文体、文本、真实、虚构的话题一样，是散文或者散文写作所必须明确也必须正视和解决的问题。语言是文学的根本，也是全部，绕不过去。这毋庸置疑，也是常识。我不过在某些观点以及阐述上，所基于的立场和视角不同，过于偏激，且固执，诸如上面所及，你要警惕。好的，语言，下次。

辑五　贤聚

每天你都会有觉醒的一刻
——与艺术家杨和平、马丽春的云对话

君娃：我不清楚我是如何有了这个奇思妙想，想把两位老师召集到一起，我们仨，建个小群，虽然现在不方便见面聊天，但是可以在群里聊聊文学艺术画画。大概是马老师和杨老师在我心里都是有点传奇色彩的人物，而且都是天才。

杨和平：君娃说的"三人谈"令我很惊奇，非常感谢君娃这个美好的提议，我是个笨笨的人，和能文能画的两个才女聊天既兴奋又忐忑。记得过去上学时，我一拿起钢笔就手颤，后来拿毛笔时又想起了我的父亲，他喜欢写毛笔字，于是他按照他的样子塑造我，可我喜欢玩打仗的游戏。在小学里我是个鼓手，玩螳螂时看到它挥舞两片大刀都兴奋不已。现在拿起手机用手指写不知道写什么，在君娃和马老师面前打文字，感觉有点关公面前舞大刀的味道。

君娃：其实忐忑不安的人是我，我面对的可是两位大伽级别的老师。

杨和平：我一直觉得君娃有大禹会盟的气度。

君娃：这个鼓励力度太大了，我就当您是开玩笑了，谢谢您。咱先请马老师开个头。

马丽春：中午在读《海明威最后的访谈》，其中一段有点意思。采访者问他，你认为你的文学先辈都有哪些人？意思是，哪些人影响了你？海明威说，如果要把所有人都列出来，估计得花上一天。他脱口而出的十几位人物中既有众所周知的文学大家，也有塞尚、凡·高、高更这类画家。他说，"我从画家身上学到如何写作的方法和我从作家身上学到的一样多。"然后还说，"我认为一个作家还可以向作曲家学习，学习和声和复调的效果很明显。"

君娃：我记得前段时间有个帖子很火，说许多伟大的作家还都是一流的画家。雨果、泰戈尔、纪伯伦……都在其列，一

辑五　贤聚

看他们画，啧啧，不得了，果然"不想当画家的艺术家不是好的作家"。能联袂各种艺术形式，为创作所用的艺术家是非常了不起的。这好比练武之人打通了任督二脉，内力得到提升，武功自然精进。其实，不仅仅是西方艺术家如此，我国古代那些大画家，哪一个不是一肚子锦绣文章的。

马丽春：对，所有的艺术，甚至物理学、数学，各门科学，都有相通处。海明威父母，一个是医生，一个是音乐家。他的写作也离不了父母职业对他的影响。他也学过音乐。所以向作曲家学习，也是他经验之谈。而他也会画画，画画自然也滋养了他。各学科之间是可以互相滋养互相影响的。最近我女儿在学弹钢琴，买了一堆音乐书。她不画画，音乐对她写作的滋养起的作用更大。她写过一个音乐小说，发表后有人给她来信，说哪个部分写得外行了——所以她下决心要从外行变成内行。相较而言，画画更普及。受我影响，我们家族里至少有三人以上在学画画而且都有些惊喜出现。至于朋友圈里彼此受影响的更多，我从前在新浪微博上认识的几位博友现在都在写字画画。不过，多半只是爱好，票友，不太可能成为一门长才。要真正走向画家这一行，是很辛苦也很寂寞的。跟写作一个样。通往巅峰的道路始终只有一条。大部分人都在金字塔底爬行。

君娃：没错儿。不过杨老师算是个例外。我读过早些年杨

233

老师写的诗，知道杨老师年轻时也是文艺青年。小时候的鼓手、年轻的诗人，中年时期的书法家，最后走向绘画，成为成功的艺术家，其间的曲折想必也一言难尽。如今算不算终于明白了自己要做什么。

杨和平：其实到现在我也没明白，只是觉得有一个无形的手在推着我。我早年曾写过的诗，《魏胡同咏叹调》《你那竿被雨点敲击的瘦竹》《黄色大头皮鞋与诗》《杨树之我观种种》，后来几次搬家，只记得题目，诗稿纸也不知道丢哪儿去了。我少年时喜欢朗诵骑马打仗的诗句，比如匣中宝剑夜有声，比如醉卧沙场君莫笑，古来征战几人回。总觉得写字画画乃雕虫小技，壮士不为。绘画到了文人手里以后变了样了，融诗书画印为一体，表达情感与抱负，一只鸟，一朵花，一块石头，一朵云皆是云烟，皆是英雄气概。

君娃：的确，诗书画结合，作品会更有情趣和意境，生命力也会更强。马老师每天画竹子，是不是也体现了自己的情感和抱负？

马丽春：我现在选择画竹子而不画山水，可能主要是想节约时间用于读书上。画过八年后，我感觉读书越来越重要。我再画画，也只是金字塔底的小爬虫；而读书和写作，相较画画而言，给我的滋养更重要。集中到一个点上去用力也是很重要的。人生不可能四面出击。

君娃：我也认为阅读的意义更加重大一些，想想那些热爱阅读的民族，比如犹太人，几千年没有国家，文明都没有丢失，就是因为全民爱读书啊。当然，勤奋也是不可少的，马老师您是不知道，您每天画竹子，然后朋友圈里一发，对我都是一个促进。我拖延症比较严重，有时候看到您又晒竹子了，我真的会立刻扔了手机练字去了。

马丽春：我其实只是养成了习惯。每天早起习惯于先工作，再吃饭。如果手头有东西要写，那肯定是打开电脑先写东西，一个多小时后结束再吃早饭。这个习惯的养成已有好几年了，如果不写东西那就写字画画，这只是一个习惯问题。其实你比我们更优秀啊，文章那么好，画又画得好。我只能画些简单的东西，这段时间更喜欢读书。家里书多，又一直在旧书网上淘书。刚刚又有人要送我书。家里的书堆积如山。最近主要在读夏氏（夏世清夏济安）兄弟书信集。去年一年主要集中于读民国书。力求读通。读书对题跋很重要。

君娃：哎呀，您也这么鼓励我，谢谢。马老师您自称是书画修行者。我们该怎么理解这个自我定位呢？

马丽春："修行者"实更准确。因为对我而言，进入一个行当，只是想了解、探究，并非想在这个领域成为一个专业人士，和他们抢饭碗。我进入这个领域后再写画家们的文章会更准确。就像前几天我们徽派访谈时，著名文学评论家苏中老师所说，一个不会创作的人去搞文学评论，那是空对空，评不到要害。只有你自己也会写小说写剧本，再去写评论自然就不一样。我进入画画领域后，才发现原来画画是这么一回事，我其实更想知道这个行当的水深水浅、技术门槛有多高等专业问题，只有解决了这些技术问题，你才能写画画这方面的文章。

　　君娃：嗯，有道理。以前不画画的时候，我会很轻易去写画评之类的东西。现在，画画以后，反而不能轻易去写了。不过说实话，马老师的人生真的够传奇了，早期学医，又弃医从文，这个经历跟鲁迅一样了。然后又画油画，再又练书法，我们禾泉作家村作家书屋的匾，就是您题的字呢。现在又画竹子，弄什么像什么。何况还有个女儿叫大头马！大头马的名字那可真是响当当，我们这里一个老作家八十多岁了，都是她粉丝。

　　马丽春：呵呵，谢谢。我画竹子，有人认为我画得这么短时间就画得很不错了，很惊奇，我觉得我是在试着先解决竹子本身的技术问题，真正的竹子长什么样，它的结构有什么特点，历代名家是怎么画的，所有这些问题了解清楚并解决后，画起来自然不会出偏差，这是路径问题。传统画家喜欢用这样的术语来形容：师自然、师古人、师传统。就是一个善于学习、学习方法的问题。就像苏中老所说的，拜万人师、读万卷书。其实一个道理。所谓修行者，更多的指谓是，我学画画别无功利之心，纯粹只是好奇和兴趣使然。能够掌握一门新技术，学习的过程本身便会带来兴奋和满足。这就够了。

君娃：马老师可以快乐的画画，没有名利方面的压力，在我看来的确是一种美妙的状态。杨老师似乎又是另一种状态，画画不但很好地解决了自己的生活问题，而且还能一直保持用孩子的视角看世界，让童年的花儿鸟儿虫儿都到当下来聚会。

马丽春：杨老师是职业画家，既然是职业，从事这行当也更久远，技术自然也更高明。我认识的很多职业画家都很好地解决了谋生问题，而且谋得非常好，但业余画者永远只能做爱好。

杨和平：我最初也是业余写字画画，无论职业还是业余，我想，最终不是看身份证，还是看作品。

君娃：我好像没想那么多，我少年学画未成，很是苦恼，幸而找到了写作的出口。如今终于可以实现，不对，是重续年少的梦想,又开始画画了,我现在的状态是,画画这件事儿让我内心充满了欢喜。其实我接触到的许多画家,他们还是有一些焦虑的,因为,如何从师古人,师造化中幻化出自己的东西来,让他们很是困扰。

杨和平:师古人,学会古人的笔墨已不容易,得古人的心境更是难上加难。师造化也不容易,大自然亿万年的造化也难以在几十年参透。古人的笔墨,造化的形态有他们各自的喜怒哀乐和风雨雷电的情感历练。我们每个人的生活环境、读过的书、遇见的人、练习过的笔墨、喜好、身、心都是有差异的,都是独特的,只要把这个哪怕是微小的差异性,独特的、感性的,直觉地表达出来就是你的个性,这仅仅是我的体验。

马丽春:画画中要学的东西太多了,我感觉学不过来。但油画我每天都在看,可以说国内外好的油画家的作品我每天都在欣赏、学习。无非现在没时间画画。有更多的时间读读书我觉得也很幸福。

君娃:对,现在最大问题就是时间和精力问题。每天要画竹子读书,还要写作,已经很不容易了。

马丽春:哈,我是媒体人,媒体人还是要认命。我一位同行，九枚玉，改行写剧本，就已经很成功了。我充分认识到这一点。我永远不能靠画画解决吃饭问题。还是做媒体人擅长的事吧。我们擅长的，也许是别人所不具备的，人各有所长，扬长避短是也。

君娃：虽然有精力方面问题，不过画画与写作似乎并不冲突，它们之间也存在相得益彰的关系。去年十月份，我去丹巴藏区进行一个短期的艺术支教，当时赴藏区的路程还是很艰辛的，到达目的地的当晚，人又累又饿又困还有点高反，下了长途车有一刻甚至不知道自己在干什么。可是那天丹巴的夜真是美啊，幽暗的天空泛着深蓝，隐藏在这深蓝里的藏寨深沉而魔幻，天上的星星又大又亮，是那种让你想落泪的大和亮，因为感觉穿越到了童年的天空。那个场景一直刻在脑子里，用文字总觉得表达未尽，后来我终于尝试把它画下来了。所以无论是画还是写文章，都是我们想要表达，我的体会是，之前的写作积累给了我在绘画方面很大的推力，我在逐渐增强综合表达自己的发现的能力。

杨和平：这个体验的确珍贵。艺术的表达有时候是说不清楚的，你看花儿鸟儿虫儿都有领地意识，它们有食的欲望，色的欲望，语言的交流，气质的不同，打架，爱抚，狂欢和痛苦，我看过蚂蚁打架非常惨烈。小天牛在我手指上向前抬腿迈的那一步，回头看我的眼神，两根长长的角触摸我一下，我都觉得欣喜。不知道为什么，就喜欢画它们。

马丽春：画画对我来说，它更多的是解决我的精神问题。我在读书疲惫时很愿意画几张画。我对画画认知非常准确，所以送别人画也就很大方，这反而也让自己获得一种成就感。

君娃：犹记得去年夏天，得到马老师赠画时的那种心情，因为并没有刻意去讨，却意外获得，是非常欣喜的。

马丽春：呵呵。前段时间送书给时白林先生，他是黄梅戏音乐的大家。他写一张兰亭序送我，我送一张竹子给他，他也很欢喜。我讨他字，他也不是什么书法家，但文化人的字自然有他的独特气息，这样的东西收藏多了，我写起文章来自然多了一种意趣。我的一位老师就很擅长收藏。我也学他，比如让人给我写斋号，或者给我的竹子题款。这样的东西我已经有了一点小数量。主要是为写文章做准备，不是为收藏而收藏。

君娃：马老师做这些准备，是要写一本与画画有关的书吗。

马丽春：可能还是跟我职业有关系，我喜欢收藏文化人的小东西,但画家,我不轻易向他讨画。假如他很看重自己的作品,而且是拿人民币来衡量,那就没什么意思。我看民国旧书颇多,老书画人的风范让我着迷。我觉得研究书画后,生活在向宽处走去,也让人生多一种乐趣,无非如此而已。

君娃:是啊,人都不能控制生命的长度,生命宽度这个问题倒是值得思考一下的。我也没有向画家讨画的习惯,不过古人说过"豪情一往剑可赠人",送的不是剑,是感情,剑客如此画家也是如此。马老师说到收藏,我突然想到杨老师好像特别喜欢收藏民间的小玩意儿。

杨和平:我幼年的时光里是没有玩具的,母亲剪的红纸人、红纸鸟、红纸鱼就是我喜欢的小玩意儿,院子里花草上待着的不知名的虫子和小黑猫也是我喜欢的玩意儿,收藏民间的小玩意儿是后来的事了,我最喜欢的收藏是一个木雕的骑着大马的红脸关公。

君娃:似乎童年的记忆都是很珍贵的创作源泉,就阅读的经验来说,我觉得许多著名的作家似乎都有着非常清晰的童年的记忆,有的作家甚至就此建立自己的创作根据地。比如莫言的小说,总是会让我们看到那些质朴的农民、孤独的童年、饥饿的记忆……还有奥兹的《爱与黑暗的故事》也是这样,他总有一个孩子的视角在那里。可以天真地看,还能同时深沉地思考,这不是每一个人都有的能力,所以我比较羡慕杨老师,因为看您的画,那些呆萌的鸟、醉醺醺的猫、色迷迷的虫子,都忍不住想笑出声来,可是笑过之后,又发现画作里隐藏着很深邃的东西。

杨和平:我小时候喝过的涡河水、吃过的水烙馍、辉子(一种在外地叫李子的水果)、在手上玩味的花大姐(七星瓢虫)、被惊讶到的雉鸟(我的老家古称雉河集,因涡河在那儿流向的形状像雉鸟而名),我父亲的毛笔字、我母亲的剪纸、我爷爷头上立着的那一只鸟、我奶奶召唤的那一只蝴蝶,这些都浸透在我记忆的细胞里,幻化为我的气质,在我的言行举止里,在我的涂鸦里压抑不住地自然流露出来。

君娃:所以,是不是可以说,您小时候的涡河,就是您创作的"根据地"?事实上涡河也的确很厉害,道家学说就起源于涡河。出过许多历史名人。

杨和平:我很困惑同饮一条涡河水,却出现了几个不同个性的人物,春秋时代的老子,战国时期的庄子都是大智慧者,一个庄重,一个诙谐。涡河岸边还有一个会弹广陵散的嵇康,他喜欢打铁,不知道是那个叮当声像音乐吗?还是心里有一个铸剑的侠客呢。

君娃：哈哈，嵇康心里住着一个女侠也未可知。这些先贤对杨老师的创作一定有深远的影响吧。

杨和平：我看过一个悬疑电影，说人的一切行为都和婴儿时候的环境有关，你想一下一张白纸被画上一笔的感觉。所以，墨子看到白布从染缸里出来变成蓝染布，哭了，他说了一句最动情的话，染不可不慎也。

君娃：嗯，前段时间，有个社会话题很热，就是说原生家庭对孩子一生的影响。其实社会也是一个大染缸，所谓"近朱者赤，近墨者黑"，一个艺术家有这样的警醒，一定会在作品中表现的，那和我们谈谈涡河吧。

杨和平：我有时候会想，黄河的气质是什么？淮河的气质是什么？涡河的气质是什么？

君娃：黄河的气质是泥沙俱下的，我对淮河更有感情。我始终无法感知她曾经是如何暴虐的，我总觉得，她一直在吸纳历史，七千年风雨雷电，她一点一点吸纳，又一遍一遍淘洗，特别有神性。涡河，我仰慕许久的涡河，我前年终于可以去亲眼看，不过与期待中有很大落差。

杨和平：涡河是一条低调的小河，它没有黄河的咆哮，也没有长江的澎湃，在淮河以北平原悄悄流淌了不知多少年，就像一朵不知名的花儿一样孤寂地自己一瓣一瓣地开着。它与你期待中有落差是很正常的。我有时候对我自己都有陌生感，今天的杨和平还是昨天的杨和平吗？我对自己对小瓢虫对大鸟一样好奇，小时候常常听到一句奇怪的话，"闲的没事看蚂蚁上树"，可我就喜欢看蚂蚁上树，看蚂蚁打架，看蚂蚁搬家。

君娃：还喜欢画蚂蚁上树呢。这匆匆忙忙的人生，您能闲看蚂蚁上树，那是何等幸运？我记得杨老师把自己创作时的状态，称之为"迷路"。我也写过一篇散文叫《迷路》，但是我们又有区别，您并不提前预设最终的目的地，而是在寻觅的过程中，不断发现新的景色与惊喜。而我，通常是在有明确的目标的情况下，走着走着就迷路了，所以，我是需要不断回望调整自己的。

杨和平：两种状态也有共同处，都发现迷路后的风景更美，迷到一个更迷人之处。

君娃：杨老师这种不设目标的迷路更符合艺术家的身份。

辑五 贤聚

不知道马老师在艺术道路上有没有"迷路"的经历。

马丽春：我一进去路径非常正确。在画画这方面，我一直走在正确的道路上。这原因和我同时看画画的专业书有关系。理论先解决，两手都要硬。因为我是全自学。真正的素人画家。拜百人师，读百人书。所以迷路不曾有过。因为我当时接触到的都是画家中的高手。而且在工具方面我也一开始就注意到了。

君娃：马老师的画画有明确的意义，第一喜欢，第二似乎要为了写评论吗？那么画画对杨老师意味着什么呢？

马丽春：确切说，我画画的目的，首先是好奇、喜欢，最后是迷上。画画之外我读了大量的书。有理论的有经验之谈的还有画坛八卦之类的，我喜欢写作，我希望画画以后，可以给我的写作开辟新的路径，但不是为了写画家评论。我更喜欢的是打捞画家们的传奇。因为文史写作也是我很喜欢的。所以我写了一些很有意思的人物。万字长文都有好几篇，但都不是评论，而只是为了打捞一段历史。

杨和平：就像渴了想喝水一样，就像喜欢一个人一样，自然地流露和表达。那一朵花，那一只鸟，那一个花大姐（小瓢虫），那一只流浪猫都是有个性的，有喜怒哀乐的，有恋人的。

245

我只是把它们画下来。

君娃：有人说看不懂毕加索的画，毕加索问，鸟叫的声音好听吗？别人说好听，毕加索说你听得懂鸟叫吗？别人说不懂。呵呵……如果别人说看不懂您的画，您做何感想？

杨和平：我的生活就是我的画，我的画就是我的生活，不需要别人看懂，我看懂自己都很不容易。一切都不可知，今天你知道的，到明天又疑惑了。

君娃：这倒是。智者都充满疑惑。其实，无论是文章还是绘画作品，有众多不同的解读，才正是艺术的张力所在。要不然，一部《红楼梦》怎么会有那么多解读？还有各种"红学研究"呢。

马丽春：是的。就说这个人的直觉吧，有的人天生对美敏感，而有的人则对文字敏感。诗人和作家对文字敏感，而对美敏感的则适合当画家。张爱玲从小喜欢画画，也喜欢写文章，她对这两方面的美都特别敏感。她中学时的绘画便有一种现代性，她说这是天生的。她说这可能和她家庭背景有关，他们家挂的都是中国画。她说中国画是具有现代性的绘画。这种解读蛮有意思的吧？一般人认为，中国画比较传统。但我现在觉得中国书画的确是有现代性的，具抽象精神。

君娃：张爱玲对中国画的诠释，我认为是正确的。中国画是非常高于生活的，它是讲意念真实的。譬如说杨老师虽然着迷民间文化古文化，也在中国的传统文化里汲取了许多养分，可是杨老师的作品又特别"当代"，您给我们说说如何建立了这种链接？

杨和平：我喜欢的是汉魏时期文化的大朴大素的风格，以这个厚重拙朴的风格来过一个极简的生活，这就是我在当下的状态。就像酿酒一样，古今中外的元素会在这个酒窖里发酵的，会变化成什么，每一次的不可知才更有期待感和神秘感，我真的说不明白。

君娃：我记得陈丹青说过，绘画的神品，连画家自己都不知道怎么画出来的。我年前去美国，有机会参观了不少世界级别的艺术博物馆，我有一个特别深的感悟，没有什么文化是必须独立存在的，文化和艺术真的是人类共同的财富，每一个民族的文化都会受到很多外来文明的影响。我觉得，不论是中国的外国的，传统的当代的，其实都不用互相排斥，大家一起跑就是了。

杨和平：是的。你生活的那块土地，那个神、那个魂、那条河、那座山、那一间老屋、那一段拉魂腔、头顶上那一只飞过的鸟、新建的一座红桥、一段流行歌曲都会在你的生活里若隐若现，你喜欢画画就会出现你的画面里，你喜欢诗文就会出现在你的诗文里，真实的朴素的表达你当下的生活状态就可以了。

君娃：对，画家有那一刻的情感情绪要表现，然后居然自自然然表现出来了，这大概就是最好的艺术了，这和苏东坡说的，写文章要"文理自然"的理念倒是高度契合的。

马丽春：我有一枚章——"自然而然"，我最喜欢用它。我觉得无论为文、画画、写字还是做人，自然而然是最本真的，也是最简洁最有力量的。

杨和平：有一个人问庄子，你说的道在哪里，说的那么大，那么空，庄子说道在瓦甓，道在屎溺，道无所不在。

马丽春：道无所不在。书画修行在我而言，就是去觉察，去感受，去体悟，去观照人生。从这个意义上说，道既空却又很实在。因为每天你都会有觉醒的那一刻。

辑五　贤聚

君娃：苏格拉底有句名言，"我唯一知道的是我什么都不知道。"可是，我们每天都会有觉醒的那一刻啊。马老师这句话让我突然很感动，其实，两位老师在各自的领域都是很有成就的人，却依然可以如此平和质朴的表达。虽然杨老师总说自己会迷路，马老师说自己画画只不过是好奇和兴趣使然，可是在我看来，这也是一种实力的表现。一个人真正具备实力，才有了支配人生走向的可能。

风吹过

我的人生只属于自己
——龙子湖畔访作家潘军

多少年来，我一直在茫茫人海里苦苦寻找着素贞的踪迹。我知道这也许是无望的，但是没有办法，寻找白素贞已经成为我人生的信念。我们的传说至今广为传颂，方兴未艾，经久不息，不断被制作成各种形式的艺术品向世人轮番展示，同时也让那些利用我们的投资者赚得盆满钵丰。这无疑给了我勇气，我从传说中走出来，只为这件事。端午之夜的网上邂逅，让我窃喜。那一刻，直觉清晰地告诉我，这可能是我最后的机会。我承认这有点心存侥幸——既然我能从传说中走出来，她为什么不能呢？西湖边上的雷峰塔于公元 1924 年就倒塌了，她早已脱离了苦海。我想，或许这么多年来，她一直在某个难以察觉的位置，比如窗外一片云彩的后面，比如某个寓所一台电脑的前面，冷静地看着我，只是我看不见。

在整理访谈笔记的时候，我终于找到了潘军的小说《断桥》。这是其中的一段，我原本是想在采访之前找到它，至少再通读一遍，到时候也多一个话题。

之所以要找到《断桥》，是因为和潘老师见过两次面后，我才在记忆深处，把某些有关阅读的片段连接起来，《断桥》该不会也是潘老师的作品吧？没错，之前，我以为是一个年轻人写的。这一点，在云水谣明媚的茶室里，我得到了证实。

早在20世纪八九十年代，作为中国先锋文学的代表性作家，潘军曾与余华、格非、苏童、孙甘露等一起，享誉文坛。所以，无论如何假设，我所见的潘军都不是我想当然认为的先锋人物该有的样子——总是喜欢向教条和传统发起挑战。相反，他是平和友善的，他在云水谣最好的临湖茶室，安排了采访。交谈中，不时有《分界线》剧组打来的电话，他彬彬有礼，一面向我道歉，一面电话安排工作；访谈中，他毫不作秀更不煽情，几分耿直几分狂狷，颇令人感叹。说起来，我们对名人的了解，总无外乎两个方向，或者充满了荒唐的预设，或者是听多了一面之词而产生了偏见。作家、商人、导演、画家，在众多职业中切换角色，仅靠才华可以支撑吗？潘军如同《断桥》中的许仙，从传说中走出来……

君娃：《分界线》是由您担任编剧、导演，演员何冰、张国强领衔主演的。这在我们这个城市无疑是一件备受关注的事情。据我了解，这部剧大部分场景会在蚌埠完成，给我们介绍一下相关的情况吧。

潘军：这部剧能在蚌埠拍摄，首先是我们受到蚌埠市委的邀请，之前市委书记也仔细看了剧本，认为写得很好，希望能在蚌埠拍摄，并且明确表示，蚌埠市会积极参与到这部剧的拍摄中。

而我本人对蚌埠的印象也很好，本身我这个剧展现的就是每一个人必须坚守的内心深处的准则——情与法、黑与白、真相与谎言、正义与邪恶之间的那个分界线。可以说，看到淮河分界线的地标时，我还有点兴奋，于是，干脆把电视剧名都改为《分界线》了。这是淮河给我的启示。其次，是这部剧得到了国家公安部、安徽广播电视台以及蚌埠市委宣传部、公安局、文旅局等部门的大力支持，从而坚定了我在蚌埠拍好这部戏的决心。

君娃：据我所知，这部戏是根据您的小说改编的？

潘军：严格说，是根据我的两部小说《犯罪嫌疑人》和《对门对面》改编的。

君娃：黑泽明曾经把芥川龙之介的《罗生门》《竹林中》两部小说揉在一起，改编成了一部电影《罗生门》，并取得很高的国际地位。不同文本的转换，这在我看来不是一件容易的事情。

潘军：我其实很少改编自己的小说。好的小说是难以改编成电视剧的，小说和电视剧完全是两码事。电视剧基本上都是另写。但是也要看情况，比如我去固镇那边参观垓下古战场，站在这个两千年前的古战场上，我会有一种冲动，说不定我会在这里拍摄电影《重瞳》。由小说《重瞳》改编的话剧《霸王歌行》已经获得了成功，全世界演了二十几个国家。电影剧本其实十年前就已经出来了，发表在《作家》上。这个剧本我认为在国内是一个创举——电影和话剧两个不同文本在剧中可以自由转换。

君娃：您这一说转换，我突然想到，前年在一个公众号上看过一部短篇小说《断桥》，就似乎有这种，现实与传说之间的无缝对接，写法特别新颖，我当时以为是一个年轻作家的作品。

潘军：呵呵，那是我写的。发表在《山花》上。

君娃：是的，我是在采访您之前，突然意识到《断桥》的作者是您。可惜我来之前，没有找到这篇小说。通常，作家会在长久的创作过程中形成自己的风格，但是，您似乎并不想形成固定的风格。

潘军：是的。如果把我的所有小说放在一起，会让人以为是不同的作家写的。我不认为一个写作者，必须要形成某种鲜明的风格。不同的小说可以有不同的叙述方式。比如说《重瞳》，就有两个视角去推进故事，一个是两千年前的亡灵的视角，另一个是立足现代的当事人的视角。当然，不管如何拼接、打通，最终目的还是关照历史。

君娃：无论是《断桥》还是今天听您介绍《重瞳》，给我的感觉，您依旧是先锋的，一直在探索和创新，那索性就和我们谈谈小说的创作，怎样才可算是先锋的小说。

潘军：先锋，首先代表的是一种精神。田瑛曾经评说过我的《重瞳》，他说《重瞳》是一种"格"的突破，这种突破，很

辑五　贤聚

可能带动一部分人这样去写历史小说。

君娃：如此说来，先锋，仅有姿态是不够的，它是要有引领潮流的能力的。

潘军：不论是不是可以引领潮流，作家们在创作中，都要坚持自己，对文本进行不断的探索，去尝试各种写法。

君娃：在探索创作的过程中，有没有自己特别满意的作品？

潘军：作为小说家，迄今为止，我没有写出一部最让我满意的作品。就长篇而言，暂时都没有能够超越《风》。《风》是我的第二部长篇，最早是在1991年的《钟山》杂志上连载的，直到现在，几十年过去了，还不断会有人记起它、谈及它、评论它，这说明它经受住了一段时间的考验。即便如此，我还是认为自己没有写出最好的小说，对此，我一直心有不甘。当今中国，我个人觉得，也还没有出现一部真正的"大书"，我们对当今的文学没有一个很好的交代。

君娃：怎样才算是"大书"？

潘军：至少，这部书对民族、对历史有深度剖析，能承载作家对世界的全部认知和经验，比如列夫·托尔斯泰的《战争与和平》、乔治·奥威尔的《1984》……

君娃：还有马尔克斯的《百年孤独》。我还没有读过《风》，但是我会去买一本来读。八九十年代，没有电脑，长篇创作一定是一项非常艰苦的工作。

潘军：谢谢。我没有随身携带自己的作品，不然会赠送你一本。那时候不像现在，查阅一个知识点，打开电脑就能做到，创作全靠平时的知识积累，要在小说中展示记忆的底色，会涉及许多烦琐的案头工作，一个长篇的创作的确非常艰苦。

君娃：其实无论有没有电脑作工具，对于写作者来说，知识的积累都至关重要，但是，显然仅有知识积累又远远不够。那么潘老师认为写作，是天赋重要，还是勤奋更重要？

潘军：有一个观点认为，写作要勤奋，写多了就熟了。我是持相反观点的。写作者永远都面临一个矛盾：缩小自己的认知、感受和表达之间的距离。表达是一种对语言的自觉，这种自觉就是天赋。而阅读是学习，它给我们一些借鉴的机会，可以提高写作水平。我个人认为天赋更重要。

君娃：我们该如何理解语言表达的自觉？

潘军：比如说鲁迅先生在《秋夜》中，有一句话"墙外有两株树，一株是枣树，还有一株也是枣树"，当你读到这样的句子，会不会觉得很有意味？这种妙不可言的意味就是语言表达的自觉。

君娃：潘老师给《禾泉文学》的题词是："读书是第一生活，写作是最佳表达。"一个很残酷的现实是，绝大多数写作者不可能像潘老师一样，写出几十年还有让人谈起的作品。常常发现我身边的写作者，会有一个困惑，写作这件事还要不要坚持？

潘军：关于《禾泉文学》，我是觉得，这个年代，还有几个志趣相投的人聚在一起谈文学，不容易。现在想想，这个题词可以再加几个字，"读书是日常第一生活，写作是自我最佳表达。"我们写作，实际上和别人没有多大的关系，那是我们自己想要表达，如果没有成名成家的负累，写的过程很开心，那就写吧。

君娃：其实，写作者有渴望成功、被认可，甚至想成名成家的愿望，应该也可以理解，毕竟，没有几个人可以像卡夫卡那样只写，并不在意是否发表。

潘军：当然，但是这里面牵涉到一个度的问题，或者说，一个写作者做人的格调和操守，只要在正常的度的范围，都是可以理解的。

君娃：说到底，人还是要对自己有正确的自我检测，就是之前潘老师提到的自我认知与表达能力之间的距离，如果，距离太大，真的不如放弃。不如就当一个快乐的阅读者、终生的学习者。

潘军：对啊，人生可做的事情有很多，为什么要在自己不擅长的事情上面纠结？阅读远远要比写作更重要，你能读出好来，才能写出好来。这其实又是另一个对自我的检测标准。

君娃：是啊，人生可做的事情有很多很多，但是了解了潘老师的人生经历，我还是很感慨啊。因为，人生其实是很难四面出击的，可是您就偏偏做到了，您在作家、导演、画家、剧作家这些职业之间转换着角色，每一个角色都做得很好，很成功，您是怎么做到的？

潘军：这涉及人生态度问题。我从来不想把自己设定成一个禁忌型的人，我是一个性情中人，喜欢的事情，就会去做，过程开心就可以了。我现在会用百分之七十的专心去画画，这个阶段我在绘画方面做了很多功课。

君娃：我看过一些您的画，很有意思。您喜欢大量留白，尤其人物画，寥寥数笔，却不忘强调面部细节，您的画具有鲜明的中国文人画的特点，这很容易又让人想到您的文学创作。您在文学上的先锋特质，容易让人想当然地认为，在绘画中该是表现某种后现代的韵味，比如抽象的解构，或者符号化，然而事实上，您在绘画中运用的是十分传统的笔墨语言。

潘军：我恰恰认为中国的文人画本身就具有先锋性，你想想看，徐渭、八大山人，他们的笔墨，多么概括、多么写意，又多么抽象，非常先锋。他们人就很先锋。

君娃：我记得一个艺术家说过，所有精神性的东西一定是被处理过的，干净的，那才是有力量的。这一点，倒是可以诠释中国的文人画。所以，先锋和传统本质上并不是对抗的关系，他们是可以对话的。

潘军：当然，他们可以融会贯通，可以对话。

君娃：非常感谢潘老师在文学艺术方面给我们的指导。您有着如此充盈的人生，这样丰富的跨界历练，您对人生的感悟一定也是独到的吧？

潘军：我的兴趣的确是非常广泛，我曾经开玩笑说，我可能不会成为第一，但我有可能成为唯一。当然，最终会在哪一方面做到最好，现在还不知道。但有一点是确定的，我的人生只属于我自己，我毕生追求的就是自由散漫，活出自己的精彩，就是我的人生信条。

君娃：那么，最后，潘老师和我们谈谈蚌埠吧，您在蚌埠也有些日子了。

潘军：蚌埠，以前我只是路过，知道它的工业发达，交通也发达，这次来，发现它的格局也很大，在安徽省，蚌埠应该是发展很快的城市之一。人文方面，我前几天，看了一部舞剧《石榴花开》，我发现，蚌埠的舞蹈资源也很丰富。其实你们大概都知道，王朔的前妻沈旭佳就是著名的舞蹈演员，蚌埠人。

君娃：呵呵……是的。说起来，王朔还是蚌埠女婿呢。那么，除舞蹈之外，潘老师对蚌埠的文化有什么感受吗？

辑五　贤聚

潘军：蚌埠有很丰厚的文化资源，以"大禹治水"的历史来说，我觉得蚌埠多少有些将其标签化了，对城市文化不要拿标签来设置，而是要挖掘这段历史对后代的影响。

当采访接近尾声，窗外的阳光把龙子湖面照出了大片的留白。时间的关系，我还有很多问题没有问，但至少我弄清了一个道理：一个人如果有能力在不同的职业中转换角色，沟通这些角色的桥梁只能是他的思想。

风吹过

阅读也许比写作本身更重要
——对话舟杨帆

　　于业余写作者来说，写作算不算是一门学问呢？在创作的过程中，我们一直有许多困惑，如何对当下有所察觉？又如何思考当下？

君娃：当下各个领域似乎都在呼唤传统，可是，因为互联网时代信息的畅通，我们又面临一个多元的时代。从文学的角度，我们如何看待传统与多元的问题？

舟扬帆：我认为传统与多元并不矛盾，将来的人们也会把今天的许多东西看作传统。传统从来都有精华与糟粕之分，简单地说，任何时代，文学需要继承的都应该是传统中的精华部分。

君娃：有意思的是，我们在呼唤传统，各个艺术领域又都在谈创新。文学面对这个问题吗？

舟扬帆：创新不是无源之水，后人总是站在前人的肩膀上攀登更高的阶梯。我个人理解，传统是一切文学艺术创新的基石，时代向前发展，传统也在变化，今天是新的，明天或许便成为旧的。新永远在淘汰、替换旧，所以文学也永远面临创新的问题。

君娃：是的，如果不对传统文化做深入了解，创新也会成为一纸空谈。而了解一件事情，阅读是一个不能省略的环节。那么，对写作的人来说，阅读这件事有多重要？

舟扬帆：也许比写作的本身更为重要。咱们平时阅读的面不妨宽一点儿，东方的、西方的、古典的、当代的，读有用之书，也包括"无用之书"。读了或许没有直接的作用，但是读与不读肯定大不一样。另外一个问题就是：不仅在于你读了多少书，还在于你从读过的书中到底汲取了多少养分。

君娃：读书会提高写作的水平。可是，就写作来说，仅有阅读又似乎不够，有时候也会听人说写作是靠天赋的。没有天赋，再勤奋也收获不大。舟老师认为是这样吗？

舟扬帆：这个问题可以用著名作家严歌苓的观点来回答。严歌苓曾经说过写作要靠百分之七十的天赋，加上百分之三十的努力。她有了美国大学文学写作系的经历以后，又感到是靠百分之五十的天赋，百分之三十的努力和百分之二十的职业训练。她认为"职业化的训练不能给你天才，但是如果你有天才的话，它至少可以让你在使用你的天才的时候要方便得多，容易得多，使你的所有的天赋能得到最大程度的挖掘。"她所说的"努力"和"职业训练"，大约都可以归纳进"勤奋"的范畴。

君娃：嗯，您做了许多年的编辑工作，一定阅读了数不清的稿件，平时又爱读书，那么对您来说，好作品的标准是什么？

舟扬帆：仿借托翁的话说，坏（差）作品的标准是相同的，好作品的标准各有各的不同。我曾和一位朋友讨论过这个问题，她说了好几条让人听后格外振奋格外醒目格外高大上的标准，我则越听越心虚，最后弱弱地表示，我觉得有一个基本的标准应该是：打动人、感染人、引发人思考。具体到某一篇作品，如果它不能打动你、感染你，触发了你的心弦，引起你的情感共鸣，你会对这篇作品感兴趣吗？她认为我这个标准太低了。

我自己也觉得，这样说我好像确实有把文学标杆降低了的嫌疑，从文学史的角度，一开始并不为人们所接受的优秀作品的例子并不鲜见。肖洛霍夫的《静静的顿河》、阿来的《尘埃落定》最初都遭遇过出版的困难。我自己的阅读也是一个例子，初三时第一次读《红楼梦》就没读下去，扔到一旁去了。大概过了大半年时间，那几天实在没有书看了，又把《红楼梦》重新拾起来，这次才看了进去，一口气读完，以后又读过几次，感觉每次都有新的收获。但那又怎么样，依然还是作品打动了读者的心之后才呈现出它被赋予的意义。

毫无疑问，我们都希望每一部作品的意义多么深刻深邃深长深远……所有的深，不过前提是我得愿意把它看完，方能受教于那些"所有的深"。一般来讲，理论总是深奥的，而道理往往很简单。所以通常我还是持以我的标准，好的文学作品你首先要打动我、感染我，引我所思。就像一只救生圈，能够在水里托浮起人是先决条件，其他如造型、色彩等是次要条件。

君娃：没错，重点的确是要能读下去才能谈好在哪里。我这几年似乎突然喜欢读荒诞小说了，说突然喜欢，是因为以前是读不进去的，也体会不到它的好。可是现在能体会到好的荒诞小说，让你在荒诞之余看到更深刻的真实。您再顺便给我们介绍一下如何品鉴荒诞小说吧。

舟扬帆:"在荒诞之余看到更深刻的(生活)",你提到的"真实"其实已经回答了这个问题。也许"喜欢"就是品鉴的有效途径。

君娃:如果具体到创作中,我们如何做到成功刻画一个人?

舟扬帆:"如何做到成功刻画一个人",这是个很大的话题,我觉得至少要考量两点吧:一是人物的真实感,不虚、不假,有血有肉;二是人物形象的独特性,是形象丰满而独特的"这一个"。

君娃:舟老师虽然是写小说的人,可是我看您平时也挺喜欢诗歌,可以和我们谈谈诗歌吗?有没有喜欢的诗人?

舟扬帆:惭愧,我很久没拿过笔了,只能说我曾经写过小说。

我不懂诗,不敢谈。在外省的一个文学活动上,一位诗歌刊物的主编羡慕我谈小说,小说相对好谈一点儿,因为有大致共识的标准。我不了解如今诗歌创作的状况,奇怪怎么似乎诗不好谈了,一千人称赞的好诗,可能另一千人骂是狗屁。反之亦然。青少年时期读过几部中外诗集，记得当时比较崇拜印在封面上的那些名字。以后慢慢不读诗了，现在有时也能看到打心眼儿里喜欢的诗歌，然而不提也罢，免得被连累成狗屁。

君娃：哈哈……都说诗歌现在没有门槛，人人都可以当诗人，你怎么看这个现象呢？

舟扬帆：说"没有门槛"，应该与自媒体的兴起有关，发表的途径同体量都极大地扩增，貌似只要你敢写，就能够参与到诗歌的社会大合唱之中，这对诗歌的发展而言，倒也未必不是好事。

每一个少年儿童的心底都有一粒诗歌的种子，在成长的过程中有的发芽、开花，有的则被掩埋进了坚硬的现实土壤深处。可是人类有情感有思想，谁都会希冀自己的生活不乏诗意，多少年来诗歌一直被誉为文学皇冠上的明珠，点化或者抚慰着我们的心灵，温润或者激荡着我们的生活。至于现在诗坛内外热闹非凡，写诗的人都特别像诗人，大概只能说在这个多元的时代里诗人没有门槛，而诗歌无论如何都是有门槛的，并且高度不低。

风吹过

左手文字，右手画笔（代后记）

马丽影

想到君娃，总会有画面感，似乎我们总能看到童年的她，在一片金黄色的向日葵里忽隐忽现，恣意奔跑。君娃在新疆度过人生最初的十年之后，在一列缓缓爬行的绿皮火车带领下，从遥远的天山，千山万水的，来到淮河岸边的城市——蚌埠。

父亲说，这里是他的故乡，她那时未必理解。生活环境改变了，君娃自小就有的那一颗热爱阅读、酷爱文字表达的心没有变。在她早期的文字里，因为对出生地的思念，她对父亲的故乡还有点抗拒，"我与这座城的缘分，并非一见钟情。"君娃说。于此生长许多年后，她写了一篇文章《蚌埠》，她"发现他（蚌埠）作为一个男人有着巨大内涵和包容。"字里行间，她终于明白父亲所说，乃一个人根之所系。把蚌埠这座城比作一个男人，颇有君娃的文字风范。

左手文字，右手画笔（代后记）

不过我与君娃相识伊始，对她的欣赏却并非缘于文字。我们的相识，始于《蚌埠日报》组织的一次作者联谊活动。以文艺青年自居的我们，少不得怀春惜秋，春日赏一束芍药，冬日吃几块肉，这些琐碎而浪漫的由头，都曾是我们之后随时小聚的理由。

君娃有句口头禅，"我做的一切都服务于生活"。一切是什么呢，是工作，是读书，是写作，是柴米油盐……是许多你忽视的细小处。每次见面，君娃总能在衣着服饰上让人生出几分惊艳。别一枚造型独特的胸针，戴一枚颇具设计感的戒指，于她是常事。最让我叹服的是，她会自己设计和改造服装。她可以把一面雅灰色的缎面床旗，巧手缝制一番，变成了一件中式上衣的大襟，穿出来果然摇曳生姿，独树一帜。有一次，她穿着画着京剧脸谱的运动鞋袅娜现身，被女伴问及出处，她自豪地说：

"没有同款哦，鞋子上的图案，是我自己画的！"

心里一惊，好一个特立独行的女子！

灵动爱美的君娃，这么多年，身上一直保持着一种特殊的少女气质。她对服饰用心的背后，是对生活的用心，对文学创作的用心，再后来，就是她对绘画的用心。

当君娃的文字像泉水一般肆意喷薄而出时，那些清丽的、恬淡的，或是动人的、锐利的文字，引来诸多熟悉或是陌生朋友的关注，他们对君娃的文字，颇多发自内心的欣赏和赞许。

十多年不间断地写作，使君娃收获丰厚，她一共发表了一百多万文字，几乎涉足所有文体，散文、随笔、影评、画评、人物专访写得都很出彩。她写的小说不多，但给我留下深刻印象。比如有荣获安徽省金穗文学奖的《仪式》，小说中语言的传神和某种克制的悲悯，虽然过去了多年，我还一直记着。她在电视报社工作时所做的诸多专题策划，以及民生批评类文章，不但引发了大众思考，由于她不间断地追踪报道，引起了相关部门的重视，还真解决了一些实际问题。那段时间，我们交往最多，我亲眼所见，她因此而承受的冲击。这些良心之作和这段经历，给君娃的人生增添了不少钝感力，这也让她区别于一般的文艺女青年。

一路走来，我所认识的君娃不写诗，但是浪漫的诗性、温情的思辨，却时常浸透在她的文字之中。这让她的文字拥有"云在青天水在瓶"的随性空灵境界，同时又有思辨务实的坚韧。我特别认同无为作家刘晓燕对她的评价："君娃的文字离大地很近，离天空不远，质朴而轻灵。"

君娃出版散文集《子非猫》后，该书随即荣获第 27 届孙犁散文奖散文集优秀奖。让文友和诸多读者惊喜的是，《子非猫》这部集子里的插图，那些形态各异的猫们，均出自君娃的画笔。

有阅读和写作打底，君娃的画作总让人能读出雅气，赏出

左手文字，右手画笔（代后记）

书卷气。看过画板前作画的她，大幅的宣纸，被涂抹成一块又一块浅灰或是深灰色，重重叠叠，勾勾描描，有时重一笔，有时轻一笔，时不时再加入一点别样的色彩。我总以为她把绘画当玩儿，她却时不时给人绚烂或奇崛之作——

楼下那几只神秘的流浪猫，被君娃描绘得形态各异，个性十足。《界》则是她对时代现实的重现和逼近。去四川丹巴支教后，君娃的异域写生画，让大家见识了独特而神奇的建筑群。《星的距离》是很大的一幅画，画中虽然没有画出那些藏族小孩，可是配合她的文章，你分明看见寥落的星空下，藏族孩子的眼睛比星星还亮。这幅画后来还入选了中国民主同盟成立80周年美术作品展，挂在了中国美术馆。《云在青天水在瓶》的大幅画作，是早年君娃的一篇同题散文，如今落实在绘画里，果然印证了君娃的心声："我就想打通文学和绘画的通道，那些用文字表达不尽的情感余韵，我期待用绘画来描述。"虽然我不大懂得绘画，但是这些画卷，让人真切地感受到自然、天性，不伪装、不做作。它们如同君娃本人，春风大雅能容物，秋水文章不染尘，随性中带着恬静、倔强，又夹杂着几分知性，当然不乏对生活深刻的热爱和思考，我想，这也是画作本身最美好的意蕴。

当我把目光关注到君娃的文字和绘画作品时，我能感受到君娃在尝试把自己对于阅读、自然、生命的顿悟，最终都落实到艺术的创作中。这让我想起苏轼说过的一句话：读书不多，画则不能进于雅。

  在这个快餐文化盛行的年代，知识趋于碎片化，人们能静下心来阅读纸质文本似乎已成为稀罕事，君娃却执着于用心书写高雅的、充满灵动色彩的质感文字，用手中的画笔倾情描绘眼前的生活，尽现心底的诗意。这本身就值得赞美以至景仰。

  左手文字，右手画笔，这个我认识的执着攀登生活和艺术山脉的女子，与之心灵的相交与应和，乃我引以为生命中的一种幸事。

辛丑初夏于蚌埠